임성순

2010년 장편소설『컨설턴트』로 세계문학상을 받으며 데뷔했다.
이어 장편소설『오히려 다정한 사람들이 살고 있다』,
『문근영은 위험해』로 '회사 3부작'을 완성했으며 포경선에서 벌어지는
치열한 생존 투쟁을 그린『극해』로 평단과 독자들의 호평을 받았다.
현재 영화 시나리오와 소설 작업을 병행하고 있다.

자기
개발의
정석

자기

개발의

정석

임성순
장편소설

민음사

고통은 늘 그렇듯 뜨겁게 찾아왔다. 입술 안쪽이 불타오르는 것 같았다. 꿀꺽, 입안으로 피가 넘어왔다. 이 부장은 입을 벌렸다. 불로 달군 인두를 입안에 쑤셔 넣은 것 같은 작열통이 볼을 따라 전해졌다. 침을 뱉었다. 선명한 붉은 침이 콘크리트 바닥에 떨어졌다. 아팠다. 너무 아파서 소름이 돋을 정도였다. 사정하기 직전처럼 온몸이 긴장에 움츠러들었다. 고개를 들었다. 자신을 향해 곧장 날아오는 주먹이 보였다. 이 부장은 생각했다.

'내가 어쩌다 여기까지 오게 된 걸까?'

'여기까지'와 '오게 된' 사이에서 다시금 주먹이 이 부장의 광대에 꽂혔다. 맞을 걸 알고 있었음에도 목이 뒤로 꺾였다.

날아가는 의식을 붙잡기 위해 이 부장은 발가락에 힘을 주었다. 하지만 서 있을 수 없었다. 지면이 이상한 각도로 돌아가고 있었으니까.

여기까지 오게 된 이유는 이 부장도 알고 있었다. 오르가슴 때문이었다. 믿을 수 없는 일이지만 정말 그랬다.

자신의 삶을 주도하라

이 부장이 처음 오르가슴을 느낀 것은 그의 나이 마흔여섯 때였다. 그 순간에 대해 누군가 묻는다면 그는 아마 이렇게 답할 것이다.

"인생에서 처음으로 불이 켜진 것 같았어."

마흔여섯이라면 처음 오르가슴을 느끼기엔 조금 늦은 감이 있다. 그렇다고 이 부장이 숫총각이었다거나 수도사 같은 금욕의 삶을 살았던 것은 아니다. 이 부장은 여러 기준에서 지극히 평범한 중년의 남자였다. 다소 말이 많지만 고상하기 이를 데 없는 네 살 연하의 아내가 있었고, 한창 사춘기인 딸도 하나 있었다. 아이가 하나뿐인 것은 아내의 반대 때문이었다. 아내는 아이가 최고의 환경에서 자라나길 바랐다. 그의 뻔한 월급으로는 하나를 뒷감당하기에도 벅차다 했다.

"당신은 애가 커서 부모 원망하길 바라?"

무엇 때문에 무엇을 원망하게 될지 알 수 없었지만, 이 부장은 입을 닫았다. 그런 문제로 아내와 논쟁하는 것이 아무 소용없다는 걸 배운 것은 결혼 1년 만이었다. 아이를 더 낳지 않을 것이므로 정관수술을 받을까 잠시 고민도 했지만 이내 그럴 필요가 없다는 걸 깨달았다. 실수조차 계기가 필요한 법이다. 하지만 둘 사이엔 실수가 일어날 만한 여지도 없었으니까. 두 사람 다 이런 소원함을 부부 관계의 자연스러운 발전 과정으로 받아들였다. 이를테면 무공의 초고수들은 싸우지 않아도 승패를 알 수 있으므로 결국 눈빛만을 교환한다는 무협지의 설정처럼 말이다. 실제로 부부 관계가 사라지며 대화도 줄었고, 대화가 줄자 부부 싸움도 줄었다.

이러려고 결혼한 건가.

아주 가끔 회의가 밀려왔지만 대체로 잘 지냈다. 아내는 필사적으로 아이 뒤꽁무니를 쫓아다녔고, 이 부장은 회사에 매달렸다. 아니, 실은 그럴 수밖에 없었다. 회사란 곳은 차지한 자리를 지키기 위해 발버둥 치는 것만으로도 숨이 턱 끝까지 차올랐으니까.

"빨리 거세해야 고기가 맛있는 거야."

IMF로 폐업해야 했던 장인은 고향 진천에 내려가 소를 키웠다. 귀농한 장인은 우리도 먹고살 만하므로 고급 고기에 대한 수요가 생길 것이고, 따라서 쇠고기 시장이 개방된 마당에 한우 고급화만이 농업의 돌파구라 믿었다. 헐값에 수송아지들을 사들여 거세육으로 키우겠다는 야심 찬 계획을 가지고 장인은 서울에 살던 아파트를 정리했다. 고향 땅에 최신식 축사를 짓고 송아지를 사들인 장인은 퇴직 전 지어 놓았다는 농장의 브랜드를 궁서체로 인쇄해 나무로 파 축사 앞에 걸어 놓았다. 1년에 두어 번쯤 처가에 들르면 이 부장은 아직 축산 일이 몸에 익지 않아 온몸에 파스를 도배한 장인을 도와야 했다. 축사의 똥을 치우며 외륜 수레를 미는 장인의 등에는 하얗게 소금이 내려앉아 있었다.

"입이 써, 입이."

삽질 세 번에 물을 한 번씩 마시는 장인의 얼굴에서 이 부장은 후회를 읽을 수 있었다. 서울의 아파트값은 그해 유래가 없이 뛰어올랐고 그 문제로 대통령이 티브이에 나와 사과까지 해야 했다. 그러나 이제 장인에겐 불알이 없는 수송아지뿐이었다. 돌이키기엔 이미 너무 멀리 와 있었다.

한번은 갓 사 온 송아지들을 거세하는 일을 거든 적이 있었다. 삽질조차 서툴렀던 장인은 이 일만은 수의사처럼 잘했다. 딱 한 번, 다른 농가에서 수의사가 하는 걸 어깨너머로 배운 거라고, 자신이 수의사가 됐으면 대성했으리라고, 장인은 입버릇처럼 자랑했다. 아무것도 모르는 이 부장이 보기에도 장인은 정말 거세를 잘했다. 평생 소의 불알만 까 온 장인마냥 동작 하나하나에 쓸데없는 부분 없이 자연스러웠다. 장인은 한 손으로 송아지의 음낭을 잡아당겨 한 번 꼬아 준 후 메스를 든 다른 손으로 아래쪽을 절개한 뒤 음낭을 잡은 손의 약지와 새끼손가락을 이용해 마치 비닐에 싸인 사탕을 까는 것처럼 고환을 적출했다.

"요렇게 딸려 나오는 게 정관이야. 신기하지? 우리 집 수송아지들은 전부 내가 직접 했어."

연결된 하얀 정관을 메스로 자른 뒤 장인은 환하게 웃으며 피 묻은 고환을 들어 보였다.

"대단하네요."

아랫배가 싸해지는 광경이었지만, 이 부장은 억지로 미소를 지었다.

"아까징끼."

초고추장 통에 담긴 소독약을 이 부장에게 넘겨받은 장인이 이제는 아무것도 남지 않은 고환이 있던 표피에 소스를 뿌리듯 빨간약을 부었다. 송아지는 서럽도록 긴 울음소리와 함께 몸을 떨었다. 이 부장은 송아지에게서 기시감을 느꼈다. 그 껌뻑이는 눈망울은 월요일 아침마다 엘리베이터에서 마주

하는 자신의 눈과 놀랄 만큼 닮아 있었으니까.

"이제는 잘 자라서 좋은 등급만 받으면 된다."

항생제를 주사한 장인은 송아지의 엉덩이를 차지게 때려주었다. 이제 수컷으로서의 정체성을 상실한 송아지는 비틀거리며 열린 축사 문 밖으로 나갔다.

텅.

장인은 다른 송아지들의 불알이 담긴 양철통에 갓 꺼낸 불알을 던져 넣었다.

장인의 바람은 끝내 이뤄지지 못했다. 이듬해 진천은 구제역으로 인한 살처분 대상 구역으로 선정되었고, 막 출하를 앞두었던 거세 소들은 등급 판정조차 받아 보지 못한 채 땅속에 묻혔다. 장모가 치마를 뒤집은 채 실신해 있는 동안 소들의 머리 위로 포클레인이 밀고 온 흙더미가 쏟아졌다.

부부 관계가 사라졌다고 해서 이 부장이 생불의 도를 닦았던 것도 아니었다. 샐러리맨으로서 이른바 영업이라는 것을 해야 했고, 때때로 접대를 위해 2차를 가야 했다. 불편한 일이었지만, 직업적 의무와 책임감, 그리고 타의라는 합리화 덕분에 껄끄러운 마음은 쉽게 무감각해졌다. 룸살롱, 북창동식, 안마방, 쩜오. 트렌드는 변했지만 본질은 늘 같았다.

그곳에서 그의 분신도 그럭저럭 제 역할을 해냈다. 그도 그럴 것이 그녀들은 아내보다 젊고 아름다웠으며, 잔소리도 하지 않았다. 아리따운 아가씨가 옆자리에 잔을 채워 주는 것으로 이 부장은 왕국의 왕이 된 기분이었다. 그녀들은 법인 카드가 있는 한, 그가 어떤 말을 하건, 행동을 하건 다 받아 줄 준비가 되어 있었다. 뿐만 아니라 그녀들에게는 어떤 설렘이 있었다. 그것은 아름다운 이성에게 느끼는 단순한 호감이 아닌, 차라리 그리움 같은 것이었다. 이 부장 역시 지니고 있었으나 이미 사라져 버린, 돌이킬 수 없는 무언가가 그녀들에겐 있었다. 아내에게도 한때 있었으나 짜게 식어 버린 어떤 것이 그녀들의 파운데이션 아래 빛나고 있었다. 그 빛에 이끌려 각다귀마냥 그의 하반신은 꿈틀거렸다.

물론 모든 것이 마냥 좋기만 했던 것은 아니었다. 따뜻하고 축축한 질의 느낌도, 아내보다 풍만하고 탱탱한 가슴도, 그의 배에 올라탄 채 엉덩이를 흔드는 그녀들의 몸짓도 정말 좋았지만, 사정 후 찾아오는 비참함을 없애 주진 못했다. 서푼쯤 죄책감이 섞인 비참함은 꼭 허리가 부러진 담배 맛 같았다.

욕실에서 씻고 있는 아가씨의 소리를 들으며, 이 부장은 자신의 벗은 몸을 모텔의 화장대 거울에 비춰 보았다. 늘어진 눈꺼풀, 고집스러워 보이는 입매, 눈가에 자글자글한 주름. 앙상한 팔뚝에 배만 나온 중년의 사내가 있었다. 보이는 곳보다 보이지 않는 곳이 더 한심했다. 바닥이 없는 피곤, 무거워진 몸뚱이, 짧아져 가는 사정 시간, 소변을 보다 끊은 듯 뒷맛이 나쁜 사정감까지 그가 기억하던 젊은 자신의 모습은 어디에서도 찾아볼 수 없었다. 이 부장은 침대 끄트머리에 앉아 문득 자신이 그리워했던 것의 정체를 깨달았다. 그리고 누군가에게 욕을 하고 싶었다.

세상에, 젊은 시절 자신은 사창가엔 인간 말종들이나 온다고 믿었다.

"불 좀 빌려 줄래요?"
샤워실에서 나온 그녀는 담배부터 물었다. 대충 걸친 수건 사이로 하얀 젖가슴이 거의 드러나 있었다. 왼쪽 유륜 위쪽에 점이 있었구나. 5분 전 자신을 올라타고 있던 여자의 점을 이제야 발견했다는 이유로 이 부장은 그녀가 낯설게 느껴졌다. 아니, 실은 오늘 처음 본 낯선 여자였다. 그는 자신의 옆에 있던 일회용 라이터를 집어 들어 그녀에게 던져 주었다. 젊고 아름다웠지만, 카드로 결제되는 매출 전표가 없다면 그에게 눈길조차 주지 않았을 사람이었다.
"아, 집에 가고 싶다."
"가족이 보고 싶어요? 이제 가면 되지."

아가씨는 미소를 지었다. 불이 켜졌고, 담배 끝이 붉게 달아올랐다. 아가씨의 보조개에 볼우물이 생겼다. 이 부장은 미소를 지었다. 집으로 돌아간다고 가족을 볼 수 있을 리 없었으니까. 이 부장의 집에는 홀로 빈 방을 배회하는 로봇 청소기뿐이었다.

아이가 캐나다에 간 것은 이 부장의 발음 때문이었다. 학력고사 세대인 그가 대학에 들어가기 전까지 배운 영어라곤 『성문 종합영어』에 나오는, to 부정사를 어떤 경우에 써야 하는가 같은, 달달 외우는 학력고사용 문법들뿐이었다. 그가 구사하는 영어의 8할은 대학 졸업 전 1년간 들었던 새벽 6시 라디오가 가르쳐 준 것이었다. 대통령이 티브이에 나와 세계화를 떠들던 그 시절엔 입시를 위한 영어 성적 커트라인 자체가 없었다. 그래서인지 라디오 영어만으로도 당시엔 그다지 국제적이지 않았던 국내 굴지의 전자 회사에 취직할 수 있었다. 그리고 고만고만한 영어 실력으로도 해외 영업부로 발령 받았다. 라디오로 배운 탓에 발음이 좋을 리 없었다. 뒤늦게 교정하려 했지만, 그의 고향 사투리가 약간 섞인 이상한 영어 발음은 끝까지 고칠 수가 없었다. 회사가 성장하며 나가게 된 출장이나 미국 바이어와의 만남에서 이 부장의 촌스러운 발음을 지적하는 사람은 아무도 없었다. 대신 아내와 딸은 그가 영어를 하면 고개부터 돌렸다. 아이는 그것에 대해 아주 간결한 평을 했다.

"아, 쪽팔려."

영어 유치원을 다녔던 아이는 초등학교에 입학하기 전부터 r과 l 발음을 구분할 수 있었다. 이 부장이 끝끝내 해내지 못한 일이었다. 이 부장은 그것만으로도 기뻤지만, 아내는 그렇지 않았다.

"당신도 알잖아. 이 나라엔 답이 없어."

긴 논쟁 끝에 아내는 이렇게 말했고, 이 부장은 말문이 막혔다. 답이 없는 곳에 자신은 왜 남겨 두는지 궁금했지만 결국 아내 뜻에 따르기로 했다. 대출금도 채 갚지 못한 집을 반월세로 내놓았고, 이 부장은 월세를 내는 오피스텔에 들어갔다. 월세 차액에 월급을 보탠 돈으로 아이는 훌륭한 캐나다 발음을 배웠다.

외로운 날은 야근을 했고, 말할 수 없이 허한 감정이 갑자기 몰려오는 날이면 회식을 했다. 그때마다 아랫것들은 도끼눈을 했지만, 상사들에겐 회사에 헌신하는 직원으로 사랑받았다. 빈궁한 지갑을 제외하면 가족 모두 각자의 방식으로 자아실현을 하고 있었던 셈이었다. 이 부장은 생각했다. 이것도 나름의 행복이겠지.

그럼에도 때때로 어쩔 수 없는 날이 있었다. 그런 날은 무얼 해야 할지 몰라, 소주 한 병을 사 들고 돌아가 잠이 들 때까지 티브이를 봤다. 명멸하는 화면을 보는 동안 미치도록 외롭거나 힘들었던 건 아니다. 불행에 1을 주고 행복에 10을 준다면 대략 3.21 정도에 해당하는 마음이었다. 불행에 가까웠지만, 거창한 불행도 아닌 고작 그 정도의 불행이었다. 그러므로 참았다. 그가 가장 잘하는 일은 다름 아닌 참는 것이었고, 덕분에 그는 동기들 중 몇 안 되는 생존자가 되어 대기업 부장이라는 직함을 달 수 있었으니까.

끝을 생각하며 시작하라

"아휴, 이 지경이 될 때까지 어떻게 지내셨습니까? 많이 힘드셨을 텐데요?"

흰 가운을 입은 젊은 의사는 아침 드라마에나 나올 법한 말을 했다.

"많이 안 좋습니까?"

입술이 바짝 말랐다.

"뭐, 치료받아 보시면 알겠지만…… 이런 경우 예후가 별로 좋지 않습니다."

의사의 표정에서 이 부장은 동정을 읽었다.

"도대체 왜 이런 병에 걸렸는지 이해가 안 되네. 아니, 저는 진짜 억울합니다. 함부로 몸을 굴린 적도 없고……."

순간 떠올랐다. 깨달음을 얻었던 마지막 업소 방문이 두 달 전이었다. 콘돔을 사용했고 이후 아무런 문제도 없었다. 그러므로 그것에 대해서는 의사에게 말하지 않기로 했다.

"제3형은 사실 행실에 문제가 없는 경우가 많습니다. 문제는 그래서 치료도 오히려 더 쉽지 않다는 거죠. 뚜렷한 원인이 없으니까요."

"그러면 낫기 힘든 겁니까?"

"최소 두 달 이상 치료받아야 할 겁니다. 잘못하면 만성으로 넘어갈 수 있으니까. 그리고 정확히 원인을 알 수 없으니 투약부터, 물리치료와 함께 식이요법도 병행할 겁니다. 저희 병원에서는 이런 질환을 공격적으로 치료하거든요."

입안이 썼다. 바꿔 말하면 원인을 잘 모르니까 뭔가 얻어걸리겠지 하는 심정으로 가능한 치료를 닥치는 대로 다 해 보겠다는 뜻이었다.

"불편하시더라도 잘 따라 주셔야 합니다. 잘못하면 만성질환으로 평생 고생할 수 있거든요. 특히 일단 약을 먹기 시작하면 대증적인 치료를 받는 셈이니 증상은 많이 완화가 될 겁니다. 그걸 완치된 걸로 착각하셔서 식이요법을 소홀히 하거나 약을 함부로 끊으시는 경우가 많은데, 그러면 말짱 도루

묵입니다. 아셨어요?"

"네."

"복도에서 기다리시면 간호사가 이름 부를 겁니다. 치료실
에 가서 치료받으시면 됩니다."

의사는 키보드로 무언가를 컴퓨터에 입력했다.

"성실히 치료받으시면 완치될 겁니다."

의사는 진료실을 나서는 이 부장의 뒤통수에 대고 희망찬
목소리로 이렇게 말했다. 이 부장은 그 톤이 불길하게 느껴
졌다. 어쩌면 비뇨기과라는 공간이 지닌 울림 때문인지도 몰
랐다.

"아무것도 없는 빈 공간에도 고유한 소리가 있어요."

"그게 무슨 소리야?"

"그러니까 공간 자체의 소리죠. 앰비언스나, 룸 톤이라고 부
르는. 공간 자체가 지닌 고유한 무음이 있다는 거예요. 사람
들은 인식하지 못하지만 무의식적으로 그걸 느껴요."

"에이."

"진짜라니까. 뿐만 아니라 공간에 가구를 바꿔도, 없던 걸
들여놔도, 카펫 같은 걸 바꿔도 룸 톤은 미세하게 달라져요.
뭐, 그 정도 미세한 차이라면 대부분의 사람들이 알아채지 못
하겠지만."

후배는 대학 시절 그와 밴드를 했던 사이였다. 세컨드 기타를 담당했던 이 부장은 밴드 멤버 중 가장 먼저 그만뒀다. 후배는 그처럼 요령이 좋지 못했다. 함께하던 친구들이 모두 취직한 이후에도 홍대를 전전하던 그는 결국 녹음실에서 일하게 됐다. 이제는 녹음실에서 가장 나이 많은 기사가 됐다는 후배의 머리는 벗어져 있었다.

"진짜? 뻥치는 게 아니라?"

"네. 영화 사운드를 그렇게 만든다니까요. 촬영 현장에 가면 동시녹음 기사가 아무도 없는 허공에다 대고 무음을 녹음하는데, 바로 그걸 따는 거죠. 그래서 나중에 영화 소리를 만들 때 가장 바닥에 공간음을 깔고 다른 트랙들을 넣는 거라고요."

"그게 무슨 의미가 있어?"

"소리가 트랙별로 튀는 걸 막아 주는 데다, 인간 무의식은 룸 톤이 존재하지 않으면 불안해하거든요. 실제로 전쟁 영화나 공포 영화에서 특정 장면에 룸 톤을 빼서 불안감을 조성하는 건 아주 흔한 기법이라고요."

치료실 문 너머로 간호사가 대기 환자를 부르는 목소리가 들렸다. 치료실이란 이름이 붙은 세 평 남짓한 작은 방에는 침대가 놓여 있었다. 그리고 대부분의 병원이 그렇듯 침대 주변을 따라 녹색 커튼을 칠 수 있게 되어 있었다. 침대 주변에는 정체를 알 수 없는 몇 개의 장비들이 있었다. 다이얼과 숫자, 그리고 처음 보는 영어 단어들을 가지고 기계들의 정체를 파악해 보려 했지만 뻔히 적힌 기계의 이름조차 어떻게 발음해야 할지 알 수 없었다. 이 부장은 커튼을 만지작거렸다. 낯선 기계들보다 더 그를 불안하게 한 것은 이 커튼의 존재였다. 침대가 하나뿐인 작은 치료실에 왜 커튼이 필요할까? 희미한 병원의 소음 속에서 이 부장의 불안은 점점 커져 가고 있었다.

"이거 입으시고, 바지랑 속옷까지 벗으세요."
잠시 후 나타난 간호사는 그의 불안에 형태를 부여했다.
"예?"
"바지 벗고 이거 입으시고, 안에 속옷은 입지 마시라고요."
불안은 환자복의 형상을 하고 있었다. 정확히 말하면 일반적인 환자복은 아니었다. 간호사가 내민 옷은 하의의 앞은 멀쩡한 바지였으나 뒷단은 전부 트여서 끈으로 묶을 수 있게 되어 있었으니까. 물론 모든 끈을 최대한 조여도 중요 부위의 맨살이 고스란히 드러날 수밖에 없었다.
"하."
이런 바지를 본 적이 있었다. 과장 시절 가전 박람회에 참석하기 위해 독일에 출장 갔을 때, 우연히 켠 호텔의 성인 채널에서 꼭 저런 바지가 나왔었다. 물론 완전히 똑같은 바지는 아니었다. 화면 속 바지는 검은 가죽으로 되어 있었다. 그가 리모컨을 들고 벌린 입을 다물지 못하는 동안, 가터벨트를 한 여자가 뒤가 트인 바지를 입은 남자를 천장에 묶은 후 말총 모양의 가죽 채찍으로 엉덩이에 채찍질을 하기 시작했다. 남자는 환희와 고통 중간쯤 되는 표정을 지으며 신음했다. 뒤이어 앞이 트인 바지를 입은 남자가 굵고 검은 곤봉을 들고 화면 속에 나타났다. 이 부장은 거의 본능적으로, 혹은 필사적으로 리모컨 버튼을 눌렀다. 화면이 바뀌었는데도 왠지 보지 말아야 할 것을 본 것 같은 느낌에 비위가 상했다. 그런데 같은 모양의 바지를 이곳 병원에서 재회한 것이다.

"선생님이 곧 오실 거니까 갈아입고 저기 누워 계세요. 치료는 금방 끝날 겁니다."

너무 많은 생각이 떠올라 차마 입 밖으로 말을 내뱉을 수 없었다. 그사이 무정한 간호사는 치료실 밖으로 나가 버렸다. 이 부장은 뒤가 트인 환자복을 손에 든 채 닫힌 치료실 문을 노려보았다. 성인 채널대로라면 이제 의사가 검은 딜도를 들고 나타날 차례였다.

그건 그냥 포르노일 뿐이야. 이 부장은 진정하려 노력했다.

다른 선택의 여지가 없었다. 이 병원에서 달아난다 해도 결국 치료를 받아야 했고, 다른 병원에서 이런 바지와 재회하지 않으리라는 보장이 없었다. 체념한 이 부장은 벨트를 푼 후 바지를 내렸다. 일일이 매듭을 묶는 일이 귀찮았지만 귀찮음 따위는 휑한 엉덩이에서 불어오는 외풍에 비하면 한없이 사소한 것이었다. 더 줄일 수 없을 만큼 바짝 매듭을 동여맨 탓에 환자복은 터질 것 같았지만, 그럼에도 중요 부위는 그대로 바깥 공기가 닿았다. 이 부장은 간호사의 지시대로 환자용 침대에 누웠다. 천장의 석고보드를 보고 있는 동안 온갖 생각이 머릿속을 오갔다. 밖에서는 희미한 소음이 들렸다. 그와는 무관한 일상적이고 평온한 병원의 소리들이었다. 이것이 룸 톤이라는 것이라면 검은 딜도 같은 소음이라 부를 수 있으리라, 라고 이 부장은 생각했다.

마흔여섯.

돌이켜 보면 적지 않은 위기를 넘겨 온 세월이었다. 이 부장은 '인생 최대의 위기'라 적힌 순위표에서 '유격 면제 포경수술' 바로 밑에 '비뇨기과의 트윈 바지'를 올려놓았다. '첫 데이트에서 터진 설사'와 '감춰 놓았으나 어느새 감겨 있던 침대 밑 포르노 비디오테이프'는 한 순위씩 뒤로 밀었다.

의무대장이 유격에 빠지는 조건으로 포경수술을 해 준다

고 했을 때, 그런 좋은 일이 말년에게 그냥 일어나는 법은 없다는 걸 눈치챘어야 했다. 수술실로 들어섰을 때 인근 의무대의 지대장들이 수술실 안에 옹기종기 모여 있었다. 되돌아 나가긴 이미 늦었다는, 당시엔 조금은 안일한 생각도 했다. 그래, 그래도 가스실에 들어가거나 유격 복귀 행군을 하는 것보다는 낫잖아.

하지만 수술대에 등이 켜지고, 자신을 바라보는 그들의 눈동자를 보는 순간, 이 부장은 유격을 택해야 했다는 걸 깨달았다.

"절개를 저기까지 하는 건가요?"

"아, 이 환자의 경우엔 성기의 크기가 평균보다 작은 편이라 이렇게 절개하는데, 포피의 절개 면적은 귀두 크기를 참고하면 되는 거야."

"작아서 절개하기 힘드시겠습니다."

"많이 해 보면 이 정도도 익숙해. 갓난아이 포경도 하는걸."

"수술 끝나고 이따 서울로 점프 뛰시겠습니까?"

"글쎄, 상황 봐서. 내일 연대 작전 장교님하고 테니스 치기로 했거든……. 잠깐만! 거긴 자르면 안 되지. 작아서 실수하면 큰일 난다고."

기분 나쁜 서걱거림이나 먹먹한 통증 따위는 자신을 바라보는 열여덟 개의 눈동자들에 비하면 아무것도 아니었다. 하지만 진정 그를 고통스럽게 했던 것은 의무대장이 툭하고 던지듯 내뱉은 말이었다.

'평균보다 작은.'

이 부장은 궁금했다. 평균보다 작다는 것은 얼마나 작은 것일까? 그리고 그 작다는 것은 어떤 기능상의 문제를 동반하는 것은 아닐까?

의무대장의 한마디는 전역 후 아내와 만나기 전까지 이 부장을 계속 따라다녔다. 이 부장은 20대 시절 내내 그의 분신과도 같았던 소심함과 주눅든 태도 모두를 의무대장의 발언 때문이라고 믿었다. 모든 연애의 실패 역시 끝은 이 단어로 귀결되었다. 공중목욕탕에 가지 않게 됐고, 한 후배가 "선배는 자신감이 부족해."라고 말했을 때 이 부장은 그 소리를 그것이 작다는 뜻으로 들었다. 그렇게 한동안 이 부장은 평균 미달이 주는 자존감 없는 삶을 살아왔다.

아내와 사귀고 처음 모텔에 갔을 때 이 부장은 모든 전 애인에게 물었던 질문을 던졌다.

"내 꺼 너무 작지 않아?"

아내는 말했다.

"왜? 귀여운데. 난 좋아."

그 순간 이 부장은 이 여자와 결혼해야겠다고 결심했다.

문이 열리고 다시 간호사가 들어왔다. 그녀의 손에는 스테인리스 그릇이 들려 있었다. 그 안에 검은 딜도가 있는 것은 아닐까. 하지만 이 부장의 위치에선 무엇이 담겨 있는지 보이지 않았다. 불안이 외풍처럼 터진 바지 뒤로 스며 들어왔다.

"그렇게 누우시는 게 아니라 엎드리세요."

"네?"

"이렇게 여기에 팔꿈치를 대고 엎드리시라고요."

그녀는 직접 자세를 취해 보였다. 그것은 침대에 기댔을 뿐, 전형적인 OTL의 좌절 포즈였다. 물론, 독일 호텔에서 티브이를 끄기 전에 마지막으로 봤던 뒤가 트인 바지를 입은 사내의 포즈이기도 했다. 무슨 일이 일어날지 알 것 같지만, 차마 상상할 수 없으므로, 더욱더 불안해진 나머지, 결국 최악의 장면을 떠올리고야 마는, 나락 같은 망상이 꼬리에 꼬리를 물었고, 그것에 발맞춰 절망감 역시 모락모락 피어올랐다. 사형대에 오르는 사형수의 심정으로 팔꿈치 하나하나를 매트리스에 꽂았다. 그사이 간호사는 커튼을 쳤다. 이 부장은 커튼을 보며 느꼈던 불안이 일종의 계시였음을 깨달았다.

"선생님, 준비 다 끝났습니다!"

그녀는 커튼 속으로 고개를 내밀어 좌절한 이 부장에게 친절한 목소리로 덧붙였다.

"좀 더 아래로 내려오세요. 그래야 이따 샘플 채취하기 쉽거든요."

어그적어그적 침대 아래쪽으로 몸을 옮기다가 이 부장의 사고는 그대로 멈췄다. 샘플? 무슨 샘플을 말하는 것일까? 샘플이라 함은 채취할 무언가가 자신의 몸에서 나온다는 뜻이었다. 과연 무엇이 나올 것인가? 이 트인 바지를 입고 무언가가 나올 구멍은 딱 두 개뿐이었다. 절벽 아래로 추락할 때 이런 기분일까? 휑한 트임 아래로 덜렁거리는 성기가 느껴졌다. 차라리 절벽에서 추락하는 쪽이 지금보다는 나을 것 같았다. '인생 최대의 위기' 순위표가 위태롭게 흔들렸다.

문이 열렸다. 이 부장은 마른침을 삼켰다. 커튼 틈으로 훔쳐본 의사의 손에 검은 딜도는 없었다. 대신 커튼 너머에서 실리콘 장갑을 끼는 소리가 들렸다.

"뭐…… 하는 겁니까?"

목소리 끝이 떨렸다. 커튼 끝이 젖혔다.

"확진을 위해 검사를 할 겁니다. 동시에 치료이기도 하고요. 앞으로 치료 기간 동안 전립선 마사지를 할 겁니다. 수지 검사를 겸해서요. 여러 검사 방법이 있지만 수지 검사가 가장 확실하거든요. 직접 만져서 질감이나 크기, 단단함을 확인하는 게 가장 확실하니까요. 아프지도 않고 금방 끝나니까 편안하게 계세요."

이 부장은 의사와 멱살잡이를 하고 싶었다. 너라면 이 상황이 편하겠냐? 하지만 엉덩이를 까고서 엎드린 채 이런 말을 할 순 없었다.

"네."

"조금 차갑습니다. 아픈 거 아니니까 일부러 힘주지 마세요."

의사가 이렇게 말하는 사이 차가운 무언가가 엉덩이 사이 골짜기에 떨어졌다. 미리 예고한 것이었음에도 이 부장은 소스라치게 놀랐다. 하지만 이 부장을 더욱 놀라게 한 것은 따뜻한 의사의 손가락이었다. 믿을 수 없이 따뜻한 손가락은 차갑고 미끌미끌한 것을 이 부장의 골 사이에 바르기 시작했다. 팔에 났던 소름이 몸 전체로 퍼져 나갔다. 지금부터 일어날, 인정하고 싶지 않지만 당하게 될, 무엇인지 알 수 있을 것 같지만 결코 말할 수 없는 것에 대한 예감이 만들어 낸 소름이었다. 골 사이 젤은 어느새 체온으로 따뜻해져 있었다. 그리고 거의 다 바른 건가, 하고 방심하는 순간 따뜻하고 매끄러운 손가락이 이 부장의 항문을 파고들었다.

"흐, ……어엉."

이 부장의 입에서는 자신도 모르게 이상한 소리가 흘러나왔다.

"괜찮아요. 검사를 위한 거니까 그대로 가만히 있으세요."

너무나도 침착하고 단호한 의사의 목소리에, 이 부장은 '인생 최대의 위기' 순위표에서 '유격 면제 포경수술'을 단숨에 2위로 끌어내렸다.

"진정하시고 천천히 호흡하세요. 그럼 조금 편해집니다."

위내시경을 처음 받을 때 들었던 말이었다. 시키는 대로 따랐지만 조금도 편해지지 않았다. 그저 주사를 맞기 전, 따끔할 겁니다, 라고 말하는 간호사의 화법 같은 것이었다. 하지만 선택의 여지는 없었다. 이 부장은 아내가 임신했을 때 출산교실에서 함께 배웠던 라마즈 호흡법을 시작했다. 불안으로 어지러운 마음이 조금 가라앉았다. 하지만 들숨의 끝에서 그의 몸 안에 침입한 손가락이 리드미컬하게 움직이기 시작하자 라마즈고 나발이고 평온은 순식간에 사라졌다. 자의였는지 자율신경의 반사작용이었는지 명확히 알 수 없었지만, 이 부장의 괄약근은 손가락을 끊어 버릴 기세로 수축했다.

"흐으으으흐."

"힘 빼시라고요. 그래야 빨리 끝납니다."

의사의 언성이 높아졌다. 같이 언성을 높여야 했지만, 진심으로 그러고 싶었지만, 항문에 손가락이 들어와 있었다. 이제는 웬만큼 나쁜 상황도 넉살 좋게 넘길 수 있는 중년의 이 부장이었지만 항문에 다른 남자의 손가락이 들어와 있는 상황에서 화를 내는 법 따위는 지난 46년간 한 번도 배워 본 적이 없었다.

끝나야 한다!

이 한 가지 목표만을 위해 이 부장은 근의 공식을 떠올렸다. 신혼 초, 침대에서 절박한 순간이 찾아오면 이 부장은 늘 근의 공식을 암기했다. 정석에서 배운 지 20년이 넘었지만, 이 부장은 조금도 틀리지 않고 근의 공식을 완벽히 암기할 수 있었다.

"예. 잘하고 계십니다. 네, 네. 만져지네요. 다행입니다. 딱 딱하거나 그러진 않아서요. 혹시 단단하면 암일 수도 있는데, 그런 걱정은 안 하셔도 되겠네요."

이 상태가 아니었다면 마치 복음처럼 들렸을 소리였다. 병원에 오기 전까지 이 부장이 가장 두려웠던 것은 암이었으니까. 그러나 지금은 그조차 한없이 사소했다.

"부기가 있긴 한데, 조직도 부드러워서 생각보다 금방 치료가 끝날 수도 있을 것 같네요."

이 부장은 외치고 싶었다. 알았어! 알았으니까 그만 빼라고!

그 순간, 묵직한 떨림이 아랫배를 타고 퍼져 나갔다. 발가락이 안으로 말리며, 허벅지 근육이 경련했다. 오금이 떨리는 것을 막기 위해 이 부장은 장딴지에 힘을 줬다. 이게 뭐냐고

묻고 싶었지만, 그럴 틈조차 없었다. 곧바로 요의가 찾아왔던 것이다. 괄약근에 힘을 줘 위태한 순간을 넘겼지만, 갑자기 그의 분신이 부풀어 올랐다. 이제 근의 공식으로도 소용이 없었다. 이 부장은 단숨에 고등학교 수학 따윈 접어 두고 대학에서 배웠던 스칼라 삼중곱의 쐐기곱을 떠올려 보았다. 그러나 그것으로도 삼중 벡터의 기하학적인 팽창을 막을 수 없었다. 시장에서 어닝쇼크란 소리를 들었던 지난 분기 재무제표를 떠올려 보아도 회사 주가와는 반대로 그의 중심은 상한가를 쳤다. 이 부장은 원래 얘가 이런 애가 아니라고, 좋아서 그러는 게 아니라고, 의사에게 항변하고 싶었지만, 입을 여는 순간 움켜쥐고 있는 방광과 장딴지에 들어간 기가 흩어져 버릴 것 같았다. 운기조식(運氣調息)에 실패하면 닥친다는 주마입화(走魔入火)가 바로 눈앞에 있었다.

최악이다!

그것이 섣부른 생각이었다는 것이 밝혀지는 데는 채 10초도 걸리지 않았다. 떨림과 함께 찾아왔던 요의는 초조함이 뒤섞인 발기와 함께 상승 작용을 일으키며 단번에 만수위를 돌파했다.

"어어어."

목소리는 두 옥타브가 올라가 있었다.

"긴장하실 필요 없습니다."

아내를 처음 모텔에 데려갔을 때 이 부장은 똑같은 톤으로 "오빠, 믿지?"라고 말했었다.

"참지 마세요. 나오는 게 정상이니까요."

뒤에서 달그닥거리는 소리가 들렸다. 당황스럽고 황당하다 못해 눈물이 찔끔 맺힐 정도로 황급했던 이 부장은 검은 딜도가 떠올라 고개를 돌렸다. 의사는 권태로운 표정으로 한쪽 손가락을 항문 속에 넣은 채, 다른 손으로 간호사가 가져온 스테인리스 그릇에서 샬레를 꺼냈다. 그러고는 그 샬레를 분신의 코앞에 가져갔다.

"자, 힘 빼세요."

이 부장은 순간 주마등이라는 것을 보았다. 두 달 전 깨달음과 병원에 오기까지 선택의 순간들, 그리고 독일에서 봤던 포르노가 순식간에 눈앞을 지나갔다. 그가 갔던 모든 업소의 아가씨들과, 거세당했던 송아지들, 그리고 가족의 얼굴이 파노라마처럼 펼쳐졌다. 전립선염의 지옥이 있다면 분명 이곳이 틀림없으리라.

신혼 때도 매번 그의 의지를 배신하곤 했던, 아내를 매번 실망시켰던 근육들이 스르르 제 풀에 먼저 자빠졌다. 참아 왔던 에너지가 풀려나며 뼈가 덜그덕거릴 정도로 온몸이 요동쳤다.

"어이쿠, 잘하셨습니다. 부부 생활이 원만치 않으신 모양이네. 보통 사람들보다 많이 나오신 걸 보니."

아이를 어르는 듯한 의사의 목소리는 이미 범람한 탁류 같은 이 부장의 굴욕감에 치욕을 세 푼쯤 더했다. 최악이라는 단어조차도 이 부장의 상황을 표현하기에 부족했다. 어떤 사정이 있다 해도 다 큰 어른이 다른 남자 앞에서 사정없이 사정하는 일은, 사정상 사정할 수밖에 없는 사정이었다 해도, 결코 일어나서는 안 되는 용납할 수 없는 사정이었다. 그대로 존재조차 사라지고 싶었지만, 아니 과거로 갈 수 있다면 자신을 수정시켰던 정액의 정충을 찾아서 사정없이 죽여 버리고 싶었다. 그러나 그런 기적이 일어날 리 없었다. 눈을 떠 마치 아무 일도 없었던 것처럼 어른의 얼굴을 하고, 이 치욕의 순간을 견뎌 내야 했다.

눈을 떴을 때 전혀 뜻밖의 광경이 이 부장을 기다리고 있었다. 홍수가 일어났으리라 믿었던 진료실 침대에는 의외로 희고 맑은 액체 몇 방울이 떨어져 있을 뿐이었다. 심지어 의사가 든 샬레에도 점 같은 몇 방울이 눈에 띌 뿐이었다. 만약이 부장이 몸을 떨지 않았다면 샬레 밖으로 튀는 일도 없었을 터였다. 댐이 터졌다 믿었는데, 고장 난 수도꼭지에서 찔끔찔끔 물이 새어 나온 격이었다. 이 부장은 변명하듯 콧구멍을 벌름거리며 답했다.

"부부 관계는 제가 기, 기러기 아빠라……."

샬레를 닫은 후 실리콘 장갑을 벗어 쓰레기통에 버리던 의사가 미간을 찌푸렸다.

"그거 안 좋은데. 성관계도 치료 효과가 있어서 정기적으로 해 주는 게 좋아요."

의사는 이 부장 옆에 티슈 상자를 놓으며 미소 지었다.

"뭐, 걱정하진 마세요. 궁하면 통하게 되어 있는 거니까."

그는 알 듯 말 듯한 말을 남기고 커튼 밖으로 사라졌다.

"잘 정리하고 나오시고, 나오시면 간호사가 조그만 컵을 줄 겁니다. 화장실에서 소변 샘플 받아 오시면 됩니다."

치료실 문이 닫혔다. 이 부장은 티슈를 뽑아 자신이 남긴 흔적을 치웠다. 침대 아래 땅을 파 자신의 몸뚱이를 그곳에 묻어 버리고 싶었다.

소중한 것을 먼저 하라

병원을 나서던 순간만 해도 다음 주는 고사하고 평생, 이 근처는 절대 지나지 않으리라 맹세했다. 그리고 자가 치료 방법을 찾기 위해 맥주 한 캔을 따 놓고 자신의 질병에 대해 검색했다. 검색하는 자료가 늘어날수록 마음이 복잡해졌다. 전립선염은 그가 예상했던 것처럼 단순한 질환이 아니었다. 감염이 아닐 경우, 발병 원인의 가짓수는 버뮤다 삼각지에서 사라진 배의 수만큼이나 많았다. 뿐만 아니라 유독 세 단어가 자꾸 눈에 띄었다.

발기부전, 성 기능 감퇴, 성욕 감퇴.

이 부장은 생각했다. 이제 와 그에게 성 기능이란 효용 가치가 없는, 퇴화해도 아쉬울 것 없는, 그런 기능이었다. 더 자식을 낳을 일도 없었고, 아내는 캐나다에 있었으며, 숨겨 둔 애인도 없었다. 1년에 한두 번 업소를 가기 위해 유지하기엔 유지비만 많이 드는 불필요한 스펙이었던 셈이다. 그러므로 이제 사라져도 아쉬울 것이 없었다. 이 부장은 조그맣게 중얼거려 보았다.

고자가 되는 건가?

전립선염의 통증은 차라리 참을 수 있었다. 그런데 자신이 남성성을 상실한다는 것은 도저히 용납할 수 없었다. 쓸데없는 능력이라는 걸 알고 있었지만, 쓸데없는 것과 쓸 수 없는 것은 전혀 다른 차원의 문제였다. 작다는 것만으로도 암울했던 20대 중반의 암흑기로 다시 돌아갈 수는 없었다.

물론 모든 것이 나쁘기만 했던 것은 아니었다. 자신이 받았던 굴욕적이라고밖에 말할 수 없는 마사지가 실은 지극히 일반적이고, 가장 애용되는 치료라는 것을 검색을 통해 알게 되었다. 이 굴욕을 당한 것이 자신만은 아니라는 사실에 이 부장은 구원을 받은 기분이었다.

아, 내가 알던 멀쩡한 얼굴의 임원이나 선배 들도 실은 이런 치료를 받았겠구나.

의외로 높은 전립선염의 유병률을 보며 이 부장은 기뻤다. 어쩌면 자신이 겪었던 그 일이 생각만큼 이상한 경험은 아닐지도 모른다는 사실에 슬그머니 병원에 다시 가 볼까 하는 마음이 고개를 들었다. 이 모든 굴욕감은 불능에 비하면 실은 대단치 않은 것은 아닐까? 어쩌면 46년 만에 처음 겪는 일이었기 때문인지도 몰라. 두 번째 치료는 괜찮을 거야. 이 부장은 열어 놓은 전립선염에 대한 검색창을 닫으며 애써 이렇게 생각했다.

예상은 보기 좋게 빗나갔다. 두 번째 치료인데도 이 부장은 적응할 수 없었다. 아니, 오히려 모욕당하고 있다는 느낌은 더욱 분명해졌다. 처음에는 당황해서 제대로 인식하지 못했던 의사의 손가락 움직임을 보다 뚜렷하게 느낄 수 있었다. 그 리드미컬한 손가락 놀림은 아무리 순화해 말해도 희롱이란 단어로밖에 표현할 수 없었다. 뭉근한 울림이 그의 하복부를 따라 방사형으로 퍼지는 동안 이 부장은 신음을 내지 않기 위해 입술을 깨물어야 했다. 그래도 앙다문 입술 사이로 흐으으으 하는 소리가 새어 나가는 걸 막을 수는 없었다. 의사는 기계적이라 불러도 좋을 만큼 무심한 톤으로 말했다.

"참으려고 하니까 더 괴로우신 거라니까요. 그냥 편하게 후딱 치료받고 끝냅시다."

하지만 이 부장은 이대로 포기해서는 안 될 것 같은, 자칫 방심하면 정신줄을 놓아 버릴지도 모른다는, 거의 강박적인 공포에 사로잡혔다. 그래서 입안에 상처가 생길 정도로 이를 앙다물었다. 하지만 그조차도 소용없었다. 그의 몸이 마음 같지 않았던 것이다.

이번에도 치료실에 그와 티슈 상자만 남겨졌다. 지난번과 차이가 있다면 이번엔 소변검사 대신에 다시 진료실행이었다. 그런 일을 당한 후 의사를 만난다는 것이 썩 내키지 않았지만, 이 부장의 자존감은 이미 더 나빠질 수 없을 만큼 너덜너덜해져 있었다.

차트를 보던 의사는 미간을 찌푸렸다.

"검사 결과 세균은 나오지 않았습니다. 뭐, 그렇지만……."

의사는 고개를 들어 그를 바라보았다. 이 부장은 자신도 모르게 의사의 눈을 피해 시선을 아래로 떨궜다.

"그렇기에 치료하기가 쉽지 않을 것 같습니다. 제3형 확정이십니다. 그 말은 만성적인 질환일 거라는 거죠."

"도대체 왜……?"

"뭐, 이유는 여러 가지 가능성이 있습니다만, 아직 구체적으로 원인이 뚜렷하게 밝혀진 건 아닙니다. 비교적 치료가 쉽고, 원인이 분명한 감염성 질환인 1, 2형을 빼고 나머지를 뭉뚱그려 그냥 3형이라고 부르는 거니까요. 너무 오래 앉아 계셨던 게 원인일 수도 있고, 학자에 따라서는 자가면역질환이라 주장하는 사람도 있습니다. 아니면 어떤 물리적인 부상이 원인일 수도 있고, 전립선 안에 결석이 발견된 경우도 있습니다. 사실 최근엔 증상이 같을 뿐 다양한 다른 원인들에 의한 증상일 거라는 주장이 중론입니다. 원인을 정확히 확정할 수 없고, 때문에 거의 완치가 힘들다고 보시면 됩니다. 다만……."

의사는 말을 멈추고 볼펜을 딸깍거리기 시작했다. 이 부장은 이 짧은 침묵에 희망을 걸고 의사를 바라보았다.

"다만?"

"대증적인 치료를 통해서 완치가 되거나 증상이 거의 없어지는 경우도 흔하다는 겁니다. 물론, 평생 꾸준히 치료받아야 한다는 마음의 각오가 필요합니다. 몇 달 지나면 완치되는 경우도 있지만 말입니다."

평생. 이 부장은 눈앞이 깜깜해졌다. 그 치료에 마사지도 포함되는 것일까? 그렇다면 자신은 죽는 날까지 굴욕적인 자세로 엉덩이를 깐 채 매번 의사의 손가락에 희롱당해야 하는 것일까? 평균 수명만큼 산다고 가정하면 앞으로 최소한 30년 동안 같은 치료를 받아야 했다. 그렇다면 거의 2000번 넘게 항문에 타인의 손가락을 받아들여야 했다.

"일단, 항우울제를 처방하겠습니다. 뭐, 만성적인 환자분들의 경우에는 높은 빈도로 우울증을 동반하니까. 그리고 이 프린트를 보시면 어떤 걸 먹지 말고 어떤 걸 피하고, 어떻게 생활하셔야 할지 적혀 있으니까 그대로 따라 주십쇼."

이 부장은 세상이 끝나 버린 것 같은 표정으로 프린트에 적힌 문구들을 눈으로 훑어 내려갔다. 의사들이 늘 하는 이야기에 몇 가지가 추가된 것이었다. 운동 많이 하시고, 야채 많이 드시고, 술과 카페인 음료 피하시고, 오래 앉아 있는 건 피하시고 등등, 수많은 주의 사항들이 적혀 있었지만 어느 것 하나 눈에 들어오지 않았다. 이 부장의 머릿속에는 단 하나, 남은 인생 동안 받아야 하는 2000번의 전립선 마사지뿐이었다.

"궁금한 거 없으십니까?"

이 부장은 눈으로 대충 프린트를 훑으며 눈앞에 보이는 아무 단어 하나를 골라 물었다.

"여기 적혀 있는 온수 좌욕은 뭡니까?"

"말 그대로 좌욕입니다. 매일 저녁, 뜨거운 물을 받아 15분 정도 담가 주시면 됩니다. 아니면 좌욕기나 훈증기를 구입해서

쓰셔도 되고요. 온도는 거기 적혀 있는 대로 맞춰 주시면 되고요. 잘 모르시겠으면 뜨뜻하다, 정도나 그보다 약간 뜨겁게 느껴지면 됩니다."

이 부장은 퇴근 후 화장실 바닥에 쪼그려 앉아 있는 자신의 모습을 떠올려 보았다. 마사지와 좌욕. 생의 욕구가 빠른 속도로 사라져 가고 있었다. 왜 의사가 항우울제 이야기를 꺼냈는지 알 수 있을 것 같았다. 당장 약을 처방받아 백 알쯤 집어삼키면 기분이 한결 나아질 것 같았다.

"그리고 중요한 문제가 하나 남았죠."

의사의 말에 이 부장은 마른침을 삼켰다.

"논문에 따라 다릅니다만, 증상의 완화를 위해서 최소 주 1회, 혹은 2, 3회의 전립선 마사지를 권하고 있습니다."

이 부장은 정신이 아득해졌다. 2000번의 전립선 마사지가 4000번, 혹은 6000번의 마사지로 증식하고 있었다. 항우울제를 기다릴 필요 없이 창 밖으로 투신하고 싶었다.

"물론, 부부 관계 역시 마사지에 준하는 효과가 있습니다. 그런데 환자분께서 매주 치료를 받으러 오실 순 없지 않습니까? 더구나 기러기 아빠시고. 그래서 환자분 같은 분들을 위한 도구가 있습니다."

의사는 작고 흰 물체를 책상 위에 올려놓았다.

"보험이 되지 않아 가격은 다소 비싸지만 효과는 확실합니다."

의사는 보따리상이 야메 영양제를 팔 때 할 법한 말을 던지며 초롱초롱한 눈으로 이 부장을 바라보았다. 입을 앙다문 채 심각한 이 부장의 표정에 의사는 한마디를 덧붙였다.

"웃기죠. 남이 해 주면 보험이 되는데, 자신이 하는 도구를 사면 보험이 안 된다는 게."

전혀 웃기지 않았다. 이 부장은 진지하게 미간을 찌푸린 채 작고 흰 물체를 노려보았다. 어쩌면 6000번이 될 낯선 의사의 손가락에서 그를 구원할 물건이 눈앞에 있었다. 그것은 마치 작은 외계의 생명체나 기생충처럼 보였다. 흰 꼴뚜기 머리 같은 두부가 있었고, 그 아래쪽으로 마치 촉수 같기도, 갈퀴 같기도 한 두 개의 다리가 솟아 나와 있었다. 두 개의 다리는 각자 다른 방향으로 말리듯 꼬여 있었고, 다리에서 머리까지는 기분 나쁘다고 말할 수밖에 없는 주름이 일정한 간격으로 잡혀 있었다.

"이게…… 뭡니까?"

질문은 했지만, 지금까지 겪은 과정을 돌이켜 보건대, 이것의 용도는 너무나 분명해 보였다.

"아네로스라는, 미국에서 개발된 전립선 마사지 기구입니다. 사용법은 여기에 손가락을 거시면 되고요. 이걸 항문으로 집어넣어서 전립선을 마사지하시면 됩니다. 좀 더 구체적인 방법은 프린트 뒷면에 그림으로 나와 있으니 참고하시면 됩니다. 처음 쓰면 전립선 위치를 다소 찾기 힘드실 수도 있지만 거기 적힌 설명처럼 손가락 두 마디쯤 안쪽에 마사지할 위치가 있다고 생각하고 따라하시면 됩니다. 몇 번 해 보면 어디를 해야 하는지 금방 아실 겁니다."

이 부장은 프린트를 넘겼다. 프린트 뒷면에는 성기와 항문 일대의 단면도와 함께 아네로스의 사용법이 친절하게 적힌 글이 아네로스를 사용하는 남자 사진들과 함께 있었다. 그 모습은 이 부장의 동창이었던 체조 선수가 보여 준 자세만큼이나 끔찍한 것이었다.

이 부장이 다니던 고등학교에는 남자 체조부가 있었다. 국제 대회에서 메달은 따 오지 못했지만 나름 국가 대표를 매년 배출하는 체조 명문이었다. 학년 전체에서 몇 명의 체조부원들이 있었고, 그중 잘하는 친구들은 태능에 들어갔다. 몇몇은 올림픽에 나간다며 몇 달간 학교에 나오지 않기도 했다.

동창이었던 체조부 친구도 국가 대표였다. 그 역시 다른 선수들처럼 수업은 오전만 들었다. 학기 절반을 태능에서 보냈던 그에게 학교는 아침 훈련 후 오전 취침을 위한 곳이었다. 그가 반에서 친한 사람이라곤 교실 가장 뒷자리에 앉아 이른바 '노는 애들'이라 불리는 부류뿐이었다. 이 부장이 있던 반에는 그 범주에 속한 친구가 두 명 있었는데 한 명은 거의 반 년 동안이나 가출한 덕에 출석 일수 미달로 1년을 꿇은 형이 라 불리는 동급생 선배였고, 또 다른 한 명은 뽕카라 부르는 오토바이에 미쳐 있는 사이코라 불리는 급우였다. 셋은 늘 창 가 옆 뒷자리에 모여 앉아 실없는 소리들을 주고받곤 했다. 몇 반의 누가 어느 예고 여학생을 강간했다는 둥 3학년이 이 웃 공고의 아이들과 번화가 통행의 패권을 놓고 패싸움을 했 다는 둥 주로 사실 여부를 알 수 없는 설화 같은 이야기들이 었다. 당시 모범생이었던 이 부장에게는 전혀 관심이 없는 급 우들이었지만, 운 나쁘게도 이 부장의 자리가 바로 그들 앞이 었다.

하루는 점심시간이 시작되자 형이 체조 선수에게 이렇게 말했다.

"야, 너 매점 내려가서 컵라면 사 오면 내가 죽이는 딸딸이 치는 법 알려 줄게."

"뭔데요?"

"아, 사 오면 알려 준다니까."

"저는 필요 없는데요."

"이새끼, 하여튼 말 더럽게 안 듣는다니까. 그럼 사이코 니 가 사 와라."

"저 돈 없는데요. 지난주에 짭새한테 토끼다가 자빠져서

휜다가 나가는 바람에 완전 오링 났거든요."

"아, 이새끼들 인생에 도움이 안 되네. 내가 먹을 거 아니라니까. 내가 니들 삥 뜯겠냐? 딸딸이에 쓸 거니까, 체조. 그러면 니가 돈만 내 봐."

"아, 뭔데요? 들어 봐서 쓸 만하면 사 오고."

"존내 간단한 거야. 씨발, 컵라면에 스프 없이 물을 부은 다음에 30분 정도 면을 불려. 그리고 컵라면 따까리를 요렇게 십자 모양으로 자른 다음에 좆을 박고 존나 딸딸이를 치는 거지. 그러면 가시나가 빨아 주는 것처럼 완전 뽕 간다니까. 핫윈드에 컵라면 하나면 깔따구가 안 부럽다고."

그 말을 듣고 있던 체조 선수가 피식 웃었다.

"아니. 고작 그걸 하려고 돈을 꼴아박는 겁니까? 한 번 싸면 그만인데. 진짜로 빨아 주는 것도 아니고."

"그러게요. 처먹을 컵라면도 없는데."

"아 씨, 이새끼들이 해 보지도 않고. 그게 얼마나 죽이는 줄 알아? 면이 불면서 온도가 체온하고 비슷해지면 손으로 하는 거랑 비교가 안 된다니까. 완전 죽여 줘."

"그래 봐야 라면이죠."

"체조, 이 씹새끼가 존나 토 다네. 그러면 너는 더 좋은 방법 있어? 더 좋은 방법 없으면 죽빵 한 대 맞는 거다. 이 개새끼야."

"입으로 빨아 주는 느낌 느끼고 싶으면 직접 빨면 되죠."

"뭐라고? 이 미친 새끼가."

"야, 말이 되는 소릴 지껄여."

옆에서 듣고 있던 사이코가 체조 선수의 뒤통수를 때렸다.

"왜 때려, 이 씨발놈아."

"구라 치니까 그렇지, 새끼야."

"되면 어떻게 할래?"

"진짜 되면…… 씨발, 내가 만 원 준다."

"진짜지?"

"개새끼. 존나 구라 치네. 난 십만 원 건다, 새끼야."

"형도 십만 원 건다고 했죠? 진짜죠?"

"그래, 이 씨발놈아. 아니다. 가만있어 봐."

형은 자리에서 일어났다. 그러더니 막 도시락을 꺼내고 있는 반 아이들로 시끄러운 교실의 교탁 앞에 섰다.

"야, 주목! 새끼들아, 밥은 나중에 처먹고 주목해 봐."

형은 교탁 옆을 발로 걷어찼다. 그 소리에 교실이 조용해지며 아이들의 시선이 일제히 교탁을 향했다.

"체조, 저 새끼가, 입으로 자기 자지 빨 수 있다는데, 내가 못 한다에 십만 원 건다. 니들 중에 끼고 싶은 새끼 있냐?"

조용하던 교실이 갑자기 시끄러워졌다. 몇 명의 아이들이 손을 들며 외쳤다. 형은 피식 웃으며 사이코에게 말했다.

"야, 연습장 가지고 와서 낀다는 새끼들 이름 적어."

그리하여 판돈이 올라갔다. 마치 사람으로 만든 콜로세움처럼, 체조 선수 책상 주변으로 아이들의 벽이 둥그렇게 생겼다. 사이코가 배당을 기록하자, 교실은 삽시간에 조용해졌다. 모두의 시선을 받으며 체조 선수가 바지를 벗었다. 이 부장역시 책상에 올라가 친구들의 어깨 사이에 머리를 디민 채그 모습을 바라보았다. 체조는 조금의 주저도 없이 단숨에 속옷까지 내렸다. 이 부장의 그것보다 검고 긴 물건이 음모 사이에서 모습을 드러냈다. 그는 준비 동작으로 허리를 조금 뒤로젖혀 심호흡을 했다. 가슴속 깊이 숨을 들이마신 그는, 길게호흡을 토하며, 마치 경첩처럼 허리를 접었다. 그러고는 목을쭈욱 내밀어 자신의 성기를 덥석 입으로 물었다. 당시 수학의정석을 달달 외워 찢어 먹던 이 부장에게는 너무나 충격적인광경이었다. 말할 수 없는 혐오감이 아랫배 깊숙한 곳에서 치밀어 올랐다. 몸이 먼저 반응했다. 이 부장은 경탄하는 아이들의 탄성과 내기에서 이긴 친구들의 환호성을 뒤로한 채 화장실로 달려갔다.

이 부장의 눈앞에 이 흰색의 기생충처럼 생긴 물건을 사용하는 친절한 프린트 속의 자세는 그 시절 체조 선수를 떠오르게 하는 도무지 엄두가 안 나는 몹쓸 자세였다. 이 부장은 책상에 앉아 심각한 표정으로 이 아네로스라는, 그리스 신화에 나올 법한 이름의 물건을 천천히 다시 살펴보았다. 아무리 좋게 보려 해도 기생충, 혹은 에일리언의 알처럼 보였다. 항문에 꽂는 순간 동그란 부분에서 끔찍한 유충이 튀어나올 것만 같았다. 물론 머리로는 이해할 수 있었다. 어디까지나 치료를 위한 도구일 뿐이며 의료 기기라는 걸. 하지만 이해한다고 해서 혐오감이 사라지지는 않았다. 다른 선택의 여지가 있다면 기꺼이 그 길을 택하고 싶었다. 문제는 다른 방법이라는 것이 하나같이 불가능하거나 선택할 수 없는 것들이라는 점이었다.

인생의 굴욕 1위에 빛나는 전립선 마사지를 다시는 받고 싶지 않았다. 정기적인 부부 관계를 위해 캐나다에 건너갈 수도 없었고, 그렇다고 매번 성매매를 할 수는 더더욱 없었다. 마사지 없이 참아 볼까? 발기부전, 성 기능 감퇴, 성욕 감퇴=고자라는 예의 공식이 머릿속에서 떠올랐다. 결국 외통수였다. 마흔여섯, 사내로서 한 점 부끄럼 없이 살아왔다면 거짓말이었다. 그곳이 대한민국 평균보다는 조금 작았지만, 경제적으로는 조금 나은, 중산층의 대체로 무난했던 삶이었다. 그런데 이제 미지의 도전에 직면해 있었다. 가능하면 좋게 생각하자. 지켜보는 의사도 없고, 무감한 표정의 간호사도 없으며, 이상한 바지를 입지 않아도 되니까.

위로랄 것도 없었지만, 그렇게 생각하자 똥통에 빠져 있다가 오줌통으로 옮겨 온 기분이었다.

이 부장은 방에 커튼을 쳐 두고, 욕실에 들어가 샤워용 타월을 가지고 나와 침대에 깔았다. 화장실로 가 혹시 모를 사태에 대비해 깔끔하게 장을 비운 후, 미온수로 좌욕까지 했다. 무언가 준비할 게 더 있나 알몸으로 침대에 걸터앉아 생각에 잠겼다. 문득, 자신의 자세가 로댕의 생각하는 사람과 같다는 걸 깨달았다. 침대의 오른쪽에는 티슈를 왼쪽에는 물티슈를 가져다 놓았다. 잊지 않고 받아 온 윤활액도 처박아 두었던 서랍장 가장 안쪽에서 꺼냈다. 협탁에 놓인 가족사진을 벽 쪽으로 돌려놓은 후, 이 부장은 침대에 걸터앉아 한 번 더 다른 방법은 없는지 심각하게 고민했다. 그동안 아네로스는 침대 옆 협탁 위에서 조용히 이 부장의 항문을 기다리고 있었다.

생각하고 또 생각해 보았지만 출구는 없었다. 이 부장은 옆으로 누웠다. 갑자기 뺨을 타고 눈물이 흘렀다. 어째서 자신에게 이런 일이 생긴 것일까? 얼마나 큰 잘못을 저질렀기에 이런 시련을 겪어야 하는 것일까? 이 부장은 굴욕감에 몸을 떨며 잠시 울었다. 오래 책상 앞에 앉아 있어야 했던 회사의 업무 환경과 캐나다로 가 버린 아내를 원망했다. 아니, 실은 아내가 가기 전에도 별다른 부부 관계가 없었음을 깨닫고, 다시 출산 이후, 소원했던 아내를 원망하려다가, 그것이 아내 탓이 아니었음을 기억해 냈다. IMF로 비상 경영 체제에 돌입한 회사는 갓 입사한 이 부장을 닭 잡듯 잡았고, 그렇지 않아도 시원찮았던 이 부장은 근의 공식으로도 아내와의 의무 방어전에서 매번 타이틀을 지키는 데 실패했다. 이 부장은 IMF와, 당시 대통령과, 여당, 그리고 방만한 경영을 했던 대기업의 경영자들을 원망했다. 아, 그들 때문에 내가 이 굴욕을 당하는구나. 이 부장은 옆으로 웅크린 자세로 누워 눈물을 닦았다. 이 나이에 벌거벗고 침대에 누워 찔찔거리고 있는 자신의 초라한 꼬라지도 한심했다. 하지만 울어도 소용없었다. 그래서, 그러므로, 더욱더 눈물이 나왔다.

결국 눈물도 그쳤다. 이제 마사지를 하지 않을 만한 구실이 없었다. 이 부장은 심호흡을 하고 용기라는 걸 쥐어짜 냈다. 먼저 윤활액을 발랐다. 역시나 차가웠다. 볼 수 없으므로 제대로 하고 있는지 알 수 없었지만, 병원에서 느꼈던 느낌과 비슷한 것으로 미루어 제대로 하고 있다고 믿고 싶었다. 이 부장은 협탁에 놓인 아네로스를 집어 들었다. 그리고 아네로스의 머리에도 윤활액을 발랐다. 최대한 느리고 꼼꼼하게 발랐다. 바르는 동안 작게 느껴졌던 아네로스는 넣어야 한다고 생각하자 너무 커 보였다. 이 부장은 옆으로 누워 무릎을 배에 붙였다. 마치 엄마 배 속에서 있었던 것과 같은 자세로 누워 아네로스를 천천히 항문으로 밀어 넣었다.

처음에는 저항감이 있었다. 아네로스의 머리는 보기보다 컸다. 아니, 손가락으로 만져 보니 자신의 항문이 생각보다 작았다. 너무 작아서 정말 이런 게 들어갈 수 있을지 의심스러울 지경이었다. 억지로 밀어 넣어도 괜찮을까? 생각해 보면 이미 이보다 더 굵은 똥도 나오고 손가락도 들어갔다. 이 부장은 다시 머리를 밀어 넣었다. 전립선 마사지를 받았을 때 그랬던 것처럼 라마즈 호흡도 해 보며 가능하면 편하게 받아들이려 했지만, 항문의 근육은 그런 이 부장의 결심과는 상관없이 필사적으로 저항하고 있었다. 어차피 해야 할 일이다. 이 부장은 마음을 추스르고 조금 더 밀어 넣었다. 점점 더 완강해지는 괄약근의 저항을 무시하고 조금 더 머리를 넣자 믿을 수 없는 일이 벌어졌다. 갑자기 쑤욱 하고 아네로스의 나머지 머리가 빨려 들어가기 시작한 것이다. 어, 이건 뭐지, 라고 말하고 싶었지만 목소리를 낼 사이도 없었다. 빨려 들어감과 동시에 묵직한 울림이 항문을 따라 퍼지며 척추를 따라 올라간 탓에 잠시 말문이 막혔던 것이다. 이 부장은 그 충격적인 울림이 사라질 때까지 꼼짝할 수 없었다. 잠시 그 자세 그대로 호흡을 가다듬었다. 이 부장은 문득 자신이 입을 벌린 채 침을 흘리고 있다는 것을 깨달았다. 침을 닦고 정신을 추스른

후, 하던 일을 마저 하기로 했다. 프린트에 적힌 사용법은 이미 외울 만큼 여러 번 읽었다. 이제 손가락을 걸 수 있는 다리를 이용해 외계인의 알 같은 머리로 회음부의 전립선을 마사지할 차례였다. 이 부장은 아네로스의 다른 다리를 항문의 아래쪽에 지지한 채로 바깥쪽 다리에 손가락을 걸어 까딱까딱 움직였다. 처음에는 조금 불편했다. 의사가 처음 손가락으로 마사지를 해 줬을 때 그랬던 것처럼 강한 거부감이 들었다. 뒤이어 예의 경련이 찾아왔다. 정확한 부위를 꼭 집어 말할 수는 없었지만, 그의 안쪽 어딘가에서 간질간질하게 울림이 퍼지고 있었다. 그 울림은 아네로스의 다리에 걸린 손가락의 움직임에 발맞춰 마치 파도처럼 밀려왔다 밀려가고 있었다. 여전히 어떤 불쾌감에 가까운 감각이었지만, 그래도 의사에게 마사지받던 순간보다는 나았다. 아무도 보는 사람이 없으며, 최소한 이 상황을 스스로 통제할 수 있으니까.

목표는 분명했다. 이제 요의가 찾아올 것이고, 전립선 액이 나올 터였다. 그러면 이 추한 짓거리를 그만두고 씻으러 갈 수 있었다. 이 부장은 애써 경련 같은 느낌을 무시한 채, 병원에서 프린트해 준 단면도 그림에서 전립선이 있다는 바로 그 위치를 아네로스의 머리로 꾹꾹 눌렀다. 얼마나 지났을까? 익숙한 요의가 찾아왔다. 이번에는 의사가 없었으므로 참을 필요가 없었다. 이 부장은 눈을 감고 화장실의 소변기를 떠올리며 마치 소변을 보듯 전립선 액을 쏟아 냈다.

준비하는 시간에 비해 치우는 일은 금방 끝났다. 다만 아네로스를 꼼꼼히 닦는 일에 시간이 걸렸다. 다음번에는 콘돔을 씌우고 해야겠다고 생각했다. 매번 이렇게 번거로운 작업을 하는 것보다 그 편이 나으리라. 그렇다 해도 최소한 한 주에 한 번씩은 해야 한다는 생각이 들자 항우울제가 필요해졌다. 이 부장은 윤활제와 아네로스를 지퍼락에 넣어 다시 서랍 안쪽 가장 깊숙한 곳에 넣었다. 그리고 협탁에 있는 가족사진을 다시 원위치로 돌려놓았다.

아내에게 전화가 온 것은 그날 밤이었다.

"여보세요."

"나야."

"응."

"어때?"

"그냥 그렇지. 당신은?"

"여기도 뭐…… 애는?"

"학교."

"당신은 뭐해?"

"애 학교 보내고 설거지 끝냈어."

"뭐 먹었는데."

"늘 먹는 거 먹었지. 당신은?"

"난, 오는 길에 국밥 한 그릇 먹었어."

"귀찮아도 좀 직접 해 먹지."

"피곤해서."

이 부장은 소리를 꺼 놓은 티브이 속 야구 하이라이트를 보고 있었다. 그가 한때 열광했던 타자가 타석에서 삼진을 당하고 있었다. 딱히 눈에 띄는 성적을 낸 선수도 아니었고, 이렇다 할 특징이 있는 선수는 더더욱 아니었다. 단지 그가 속한 팀의 그가 속한 포지션에 별다른 경쟁이 없었을 뿐이었다. 늘, 투수와 클린업 트리오 중심으로 팀을 빌딩하다 보니 딱히 잘하지도 못하지도 않는 그는 어느새 팀에서 가장 나이 많은 선수가 되어 있었다. 하지만 서서히 밀려나는 것이 눈에 보였다. 아마 내년에는 팀과 재계약을 하지 못할 터였다. 그것이 쓸모가 없어진 자들의 운명이었다.

"그래서?"

"어?"

"그래서 어쨌냐고."

이 부장은 아내의 다그침에 정신이 번쩍 들었다. 내가 무슨 이야기를 하고 있었던 거지? 벌써 몇 번째인지 기억조차 나지 않지 않았다. 언제부턴가 아내와의 전화 통화에서 다른 일에 넋을 놓고 있곤 했다. 그래도 잘 통화했고 대화도 자연스럽게 이어 갔다. 마치 자동차의 오토크루즈 기능처럼 자동으로 이야기를 하는 것이다. 그가 의식 없이 말하고 있음을 아내도 전혀 눈치채지 못하는 것 같았다. 문제가 있다면 정신이 돌아왔을 때 무슨 이야기를 하고 있었는지 도무지 기억나지 않는다는 것뿐이었다.

"어떻긴 뭐, 늘 그랬던 것처럼……."

"당신은 그게 문제야. 술에 물 탄 듯, 물에 술 탄 듯 사람이 흐리멍덩해서. 내일 출근하면 당장 찾아가서 사과드려."

이 부장은 그제야 자신이 아내에게 상무와 주말 골프 라운딩 후 가라오케에 갔을 때 실수로 노래를 끊은 것을 말한 모양이라고 미루어 짐작했다.

"이미 사과했다고. 바로 그 자리에서."

"아이고, 참 잘하셨네. 평소에 그런 작은 거 하나로 사람이 좋아지기도 하고 싫어지기도 하는 거라고."

"그런가?"

"그래. 당신 중요한 시기잖아."

갑자기 둘 사이 정적이 흘렀다. 멀리 캐나다에서 넘어온 노이즈만이 희미하게 수화기로 전해져 왔다. 이것이 룸 톤이라는 것이구나. 수화기 너머로 권태라 이름 붙인 거대한 존재가 느껴졌다. 어쩌면 이것이 더 큰 문제인지도 몰랐다. 전화기를 붙잡고 다른 데 신경을 쓰고 있는 동안은 아내에게 이것저것 이야기할 수 있었다. 정작, 의식을 가지고 진지하게 대화하려면 할 말이 없었다. 이 부장은 잠시 전립선에 대한 이야기를 꺼내야 하는 것인가 하고 고민했다. 하지만 아내가 자신이 바람을 피우거나 다른 여자를 만나 이상한 병을 얻었다고 오해할 것 같았다.

"뭐, 할 이야기 없어?"

"500달러만 더 보내 줄 수 있어?"

"왜?"

"왜긴 왜야. 돈이 부족해서 그렇지. 내가 그 돈으로 무슨 딴짓 하겠어?"

"그래? 캐나다 달러?"

"응."

결국 아내가 하고 싶었던 이야기는 이것이었구나. 서운하거나 아쉬운 건 없었다. 다만 조금 외로웠다. 캐나다에서 걸려 오는 전화에는 늘 합당한 이유가 있었다. 항상 그랬던 것은 아니었다. 좋았던 시절엔 단지 목소리가 듣고 싶거나, 보고 싶다거나, 심지어 안부가 알고 싶다거나, 아니. 그냥 이유 없이 전화 통화를 하곤 했다. 하긴 그런 것은 아이가 태어나며 오래전 사라져 버렸으니까. 그렇다 해도 서운해할 수 없었다. 그마저도 아내가 걸지 않으면 이 부장이 먼저 전화를 거는 경우는 거의 없었다. 이 부장은 아내처럼 500달러를 부탁할 필요가 없었던 것이다.

다시 일상으로 돌아갔다. 야근을 밥 먹듯이 했고, 받은 보고서를 결재하기도 전에 결재할 다음 서류가 밀려왔다. 결산을 앞두고 상사들은 예민해졌으며, 매번 그랬던 것처럼 술이 떡이 되도록 마시고 돌아와 다시 술을 마시면 내가 미친놈이다, 라고 욕조에 쪼그려 앉아 중얼거렸다.

물론 달라진 것도 있었다. 2주에 한 번씩 처방전을 타고 상태를 확인받기 위해 병원에 가야 했다. 그렇게 처방받은 항우울제를 매일 먹어야 했으며, 주말이면 지퍼락에서 아네로스를 꺼내 콘돔을 씌웠다.

아네로스를 넣을 때마다 예의 떨림인지 울림인지 혹은 간지러움인지 제대로 설명할 수 없는 감각이 점점 더 또렷해지고 있었다. 불안과 초조함이 줄달음질치는 동안 꿈틀거리는 느낌에 매번 전율했지만 그것이 반드시 나빴던 것만은 또 아니었다. 그 감각 덕분에 가능한 한 빨리 전립선 액을 뽑아낼 수 있었으니까. 뒷정리를 해야 할 순간이 찾아오면 말할 수 없이 나른한 안도감이 밀려왔다. 또 이렇게 한 주가 지나갔구나.

모든 것이 제자리를 찾아가고 있었다. 소변을 볼 때마다 찾아오던 통증도 사라졌고, 화장실에 다녀올 때마다 끈질기게 달라붙던 잔뇨감 역시 거의 사라졌다. 의사는 예후가 좋다고 말했으며, 처방받은 항우울제 때문인지 아침마다 활기차게 일어날 수 있었다. 어쩌면, 이라는 단서가 붙었지만, 경과가 더 나아지면 완치된 것으로 볼 수 있겠다는 이야기도 나왔다.

그럼에도 때때로 공허함이 찾아왔다. 모처럼 일찍 퇴근하는 길에 한강 다리 너머로 넘어가는 해를 보거나, 아니면 안개가 무성하게 낀 새벽 강변북로를 달려 출근할 때, 혹은 야근을 마치고 빈 집으로 돌아갈 엘리베이터를 기다릴 때면 자신이 꺼져 가는 등걸이나, 찌그러진 냄비에서 말라붙어 가는 미역처럼 느껴졌다. 전처럼 그 순간 술을 찾거나 감상에 빠지진 않았다. 전립선을 위해 음주는 자제해야 했으니까. 하지만 항우울제조차 모든 그림자를 완벽히 사라지게 할 수는 없었다.

며칠 뒤 실적 발표가 있었다. 이 부장이 속해 있는 사업부는 그야말로 축제 분위기였다. 역대 가장 높은 분기 실적을 기록했던 것이다. 젊은 사원들은 벌써부터 예년보다 많은 성과급으로 무엇을 할지를 놓고 술렁거렸다. 이 부장도 기뻤다. 사상 최대의 실적에 이 부장 역시 기여한 바가 없지 않았던 것이다. 이번 분기 전략 상품을 해외의 큰 딜러에게 독점 공급하는 계약을 자그마치 두 개나 따냈다. 그날은 부서 전체가 회식을 했고, 모처럼 전무가 그를 데리고 단골 룸으로 갔다.

전무는 이대로라면 이 부장도 이사 진급이 꿈만은 아니라고 말했다. 이 부장은 웃으며 기뻐하는 표정을 지었지만, 알고 있었다. 이사의 세계에 편입하는 것은 단순히 실적이나 실력의 문제가 아니라는 것을. 어쨌거나 상사에게 칭찬을 들었고, 우리나라에서 가장 예쁜 아가씨들이 모인 것 같은 곳에서 비싼 술을 마신 것은 좋았다. 기뻤고, 정말 기뻤으며, 아주 기뻤다.

그리고 그뿐이었다.

이 부장은 상상해 보았다. 이사가 되면 무슨 일이 벌어지는 것일까? 달라지는 건 없었다. 업무가 달라지고, 직함이 달라지고, 대접이 달라지고, 연봉이 달라지고, 사회적 시선은 분명 달라질 터였다. 그리고 그런 것들을 원했기에 이 부장 역시 아등바등 달려왔다. 하지만 여전히 집으로 돌아가면 로봇 청소기만이 기다리고 있을 터였고, 일주일에 한 번 아네로스를 써야 했으며, 자기 전에 스타브론정을 먹어야 할 터였다.

아니, 실은 행복 때문이 아니었다. 두려움 때문이었다. 이제 3년 안에 임원이 되지 못하면 스스로 나가야 했다. 어느 날 갑자기 대기 발령이 뜨고, 책상이 사라지는 일이 머지않았다. 그 일이 닥쳤을 때 아이가 기대대로 성적을 낸다면 미국의 사립학교에 다니고 있을 터였다. 부장 연봉을 모두 쏟아부어도 부족한 학비를 놓고 구조 조정을 당한다면 아이는 어떻게 될까? 그것이 두려워 그는 회사에 목을 매달았다. 그렇게 임원이 된다 해도 해가 바뀌면 재계약에 몸 닳아야 할 터였다. 아이가 대학을 졸업하고, 취직할 때까지 회사에 남아 끝까지 버틸 수 있을까? 그리고 그 모든 난관을 극복하고 아이가 무사히 졸업했다 해도 그것을 행복이라 부를 수 있을까?

행복은 결국 삼환계 항우울제에 달려 있었다. 만성 전립선염이 진급에 아무런 영향을 끼치지 못했던 것처럼, 진급 역시 그의 만성 전립선염을 낫게 할 수는 없었다. 이 부장은 자신의 불행이 결핍 때문이라고 믿었다. 그런데 문득 깨달았던 것이다. 만성피로처럼 달라붙어 자신을 소모시키던 그 둔한 불행이 두려움 때문이라는 것을. 결핍 탓이라 믿던 때는 달릴 수 있었다. 더 많은 것을 얻으면 행복해질 수 있으니까. 그러나 이제 무엇을 해야 하는 것일까?

그날 밤, 이 부장은 모처럼 말짱한 정신으로 집에 돌아왔다. 현관문을 열자 출입문의 전등이 자동으로 켜지며 그를 반겼다. 로봇 청소기를 충전기에 꽂고 먼지 봉투를 비워 낸 후, 리클라이너 의자에 앉았다. 잠만 자는 좁은 오피스텔에서 그가 유일하게 부린 사치가 이 의자였다. 푹 꺼지는 쿠션에 몸을 기댄 채 먹먹한 피로를 느꼈다. 금요일이었고, 내일은 아무도 출근하지 않았다. 회사에 가지 않아도 되는, 갈 구실을 만들 수 없는 모처럼의 주말이었다. 무얼 할 수 있을까? 무얼 해야 할까? 생각해 보니 아무것도 없었다. 대학 시절 밴드를 그만둔 후 변변한 취미도 없이 보냈다. 야근을 반복하는 동안 문화생활이라는 것도 즐겨 본 지 오래였다. 설거지를 하려 해도 집에서 먹은 음식이 없었으므로 개수대는 깨끗했고, 로봇 청소기가 훑고 지나간 바닥은 반질반질했다. 화장실은 금요일마다 일해 주는 아주머니가 다녀간 탓에 깔끔했고, 세탁소에서 찾아온 빨래들은 옷장 속에 조용히 걸려 있었다. 아무리 생각해도 할 일이 떠오르지 않아 티브이를 켰다. 티브이에서는 죽을병에 걸린 여자의 손을 잡고 한 남자가 울고 있었다. 그 순간, 해야 할 일이 떠올랐다.

침대에 타월을 깔고, 서랍에서 아네로스가 있는 지퍼백을 꺼냈다. 그리고 콘돔 하나를 꺼내 놓고 화장실로 갔다. 관장과 좌욕을 하는 동안 다시 회사에서 느꼈던 허무감을 떠올렸다. 그래도 이 일은 온전히 내 전립선을 위해 하는 일이구나. 자신을 위한 일이라는 깨달음 때문인지 이 부장은 좌욕의 온기에서 어떤 애틋함을 느꼈다. 전에는 무엇 때문에 이 일을 그토록 창피해했는지 우스웠다. 끔찍한 외계인의 알 같던 아네로스 역시 마찬가지였다. 최소한 아네로스는 자신의 항문을 있는 그대로 받아들였다. 그리고 알지 못하는 원인으로 염증이 생긴 이 부장의 전립선을 헌신적으로 위무해 주고 있었다. 그런 면에서 아네로스는 차라리 로봇 청소기보다 나았다. 적어도 그만을 위해 존재하고 있었으며 문턱에 걸리는 경우도 없었으니까.

이로써 아네로스 — 로봇 청소기 — 정 과장 — 스마트폰 — 청소 도우미 아줌마 — 박 대리 — 경비실 아저씨 — 아내 — 아이 순으로 자신에게 헌신적인 존재의 서열이 정리되었다. 그러자 아네로스의 모습이 이전까지와는 다르게 느껴졌다. 그것은 외계인의 알이라기보다는 차라리 성스러운 손가락 같았다. 덕분에 소변통과 잔뇨감도 사라졌지 않은가. 이 부장은 그 백옥 같은 아네로스에 콘돔을 끼운 뒤, 침대에 누웠다. 다리를 벌려 차가운 윤활액을 바르는 동안 이 시간 그의 아내와 딸은 무엇을 하고 있을지 상상해 보았다. 아무것도 떠오르지 않았다. 밥 한 끼 같이 먹어 본 지가 벌써 1년쯤 지난 식구들의 일상을 그가 알 리 만무했다. 아니, 가족이기는 했지만 이미 식구라고는 부를 수 없는 존재들이었다. 이 부장은 온전히 혼자였다. 갓 태어난 직후 처음 탯줄이 끊겼을 때 이런 기분이었을까?

양수 같은 윤활액을 항문에 덕지덕지 바른 채 이 부장은 태아 같은 자세로 웅크린 채 익숙하게 아네로스를 항문에 꽂았다. 매번 그랬던 것처럼 탄식 같은 신음이 먼저 흘러나왔다.

처음은 전과 다를 바 없었다. 손가락을 움직이기 시작하자, 예의 경련이 이 부장의 몸속에서 울리기 시작했다. 이 부장은 서두르지 않기로 했다. 평소 같으면 최대한 빨리 마사지를 마치려고 노력했을 터였다. 목표를 정해 놓고 그것을 향해 줄달음치는 것이 이 부장의 삶에 대한 태도였고 미덕이었다. 그러나 오늘은 그러고 싶지 않았다. 여전히 창피하긴 했지만, 이 부장의 일상에서 몇 안 되는 자신을 위한 일이었다. 그러므로 여유를 가지고 자신의 전립선을 좀 더 소중히 대하기로 했다. 이 부장은 심장이 뛸 때마다 더욱 박동하는 이 울림에 몸을 맡긴 채 손가락으로 리듬을 탔다. 손가락의 움직임이 내부에서 퍼지는 경련에 맞춰 박자를 따라가자 떨림은 진폭을 더해 거대한 파도가 되었고, 점차 그의 아랫배와 골반 전체로 퍼져 갔다. 생전 느껴 본 적 없는 꼬물거림이 움찔거리는 근육의 움직임에 맞춰 꼬리뼈와 성기 사이 어딘가에 응어리지기 시작했다. 그것은 이내 천천히 엉겨 붙어 단전 아래쪽에서 차가운 오한으로 변했다. 생경한 느낌은 아니었다. 10여 년 전 가족과 함께 놀이공원에 갔을 때, 롤러코스터가 아래로 추락하는 순간 느꼈던 바로 그 감각이었다. 이 부장의 입에서는 비명과 신음의 중간이라 부를 법한 소리가 튀어나왔다. 덜컥 겁도 났지만 손가락은 멈추지 않았다. 아니, 이미 멈출 수가 없었다. 척추를 따라 찌릿한 자극이 벨 소리처럼 울렸고 손가락은 그 리듬에 맞춰 저절로 춤을 췄다. 이미 전립선 액이 흘러 나왔지만 떨림은 계속됐다. 찌릿한 울림은 이제는 전율이 되어 몸을 타고 올라갔다. 누군가 척추에 콘센트를 꽂은 것 같았다. 두려울 정도로 강렬한 자극이었지만 공포를 느낄 새도 없었다. 쾌감은 이미 이성은 물론 감정마저 마비시켰던 것이다. 폭발할 것만 같은 환한 빛이 머리를 가득 채웠다. 숨이 턱 막히며 정수리가 쩡 하고 열렸다. 동시에 머리카락이 한 올, 한 올 모두 떨렸다. 모든 것이 하얗게 탈색했다. 임사 체험자들이 도달한다는 흰빛의 통로를, 영혼이 빠져나간다는 그 통로를, 이 부장은 지나가고 있었다.

나른한 무력감과 함께 의식이 돌아왔다. 이 부장은 자신이 침대에 코를 박고 있음을 깨달았다. 어떻게 된 거지? 무슨 일이 있었는지 기억나지 않았다. 다만 계속 이대로 있고 싶은 마음뿐이었다. 이 부장은 긴 숨을 내쉬며 돌아누웠다. 항문에 이물감이 느껴졌다. 이 부장은 그제야 자신이 아네로스를 꽂고 있음을 깨달았다. 이 부장은 힘이 들어가지 않는 손가락을 간신히 움직여 아네로스를 뽑았다. 졸음이 쏟아졌고, 이 부장은 그대로 아네로스를 손가락에 건 채 아이처럼 잠들었다.

눈을 떴을 때, 정신이 맑았다. 깊은 숙면을 취한 것 같은 기분이었지만 티브이에서는 아직 불치병의 여주인공이 울고 있었다. 이 부장은 몸을 일으켰다. 그제야 자신이 쏟아 낸 전립선 액 위에 그대로 누워 잠들었음을 깨달았다. 오른손 검지에는 콘돔에 싸인 아네로스가 걸려 있었다. 질펀한 정사의 흔적처럼 시트와 이불은 엉망으로 어지럽혀져 있었고, 깔아 놓은 목욕 타월은 반쯤 접혀 있었다. 이 부장은 뒷정리를 하려고 침대에서 일어났다. 휘청, 오금이 접혔다. 다리가 풀린 것이다. 갑자기 웃음이 터져 나왔다. 당황스럽다고밖에 말할 수 없는 상황이었지만, 한없이 유쾌했다. 걸음마를 배우는 아기처럼 벽을 짚은 채 이 부장은 화장실로 갔다. 켜 놓은 샤워기 밑에 머리를 들이민 채로 자신에게 일어난 일을 되새김질해 보았다.

의식이 사라지다니. 조금 두렵기도 했지만, 두려움조차 무기력하게 하는 압도적인 나른함이 있었고, 동시에 짜릿한 전율의 기억이 있었다. 허벅다리 안쪽 근육은 아직도 경련하고 있었다. 기억을 돌이키자 의식이 사라지기 직전, 자신이 참지 못하고 이상한 비명을 질러 댔다는 걸 깨달았다. 얼굴이 화끈거렸다. 하지만 후회하지는 않았다. 아니, 오히려 뿌듯한 만족감에 입가의 미소가 떠나지 않았다. 이전까지 느껴 본 적 없는 충만함이었다. 한 시간 전, 지친 몸으로 돌아오며 사로잡혀 있었던 무력감과 피곤함이 다 무엇이었나 싶을 정도였다. 샤워를 마치고 엉망이 된 침대를 정리했다. 이 부장은 자신이 겪은 일이 무엇인지 이해하기 위해 컴퓨터를 켰다. 이 부장은 아네로스란 검색어로 걸리는 몇 개의 하이퍼텍스트들을 찾았고, 그 링크들 사이에서 드라이 오르가슴이란 단어를 발견했다. 이 부장은 자신이 생전 처음으로 오르가슴을 경험했음을 깨달았다. 물론 그 이전에도 사정 후 느껴지는 사정감을 경험해 보긴 했다. 하지만 그것은 지금 막 자신이 경험한 것과는 비교도 할 수 없었다. 이 부장의 가슴이 두근거렸다.

원원을 생각하라

새로운 세계가 열렸다. 이 부장은 자신이 얼마나 무지한 존재였는지 깨달았다. 알고 있다고 믿었던 많은 것들에 대해 실은 전혀 모르고 있었다. 의미 없다고 생각한 많은 것들이 사실은 다채로운 의미를 지니고 있었다. 이 부장은 새로운 세상을 바라보는 기분이었다.

이를테면 그날 이전까지 이 부장은 자신이 오르가슴을 경험해 보았으며 그것에 대해 알고 있다고 믿었다. 그러나 그가 경험했던 사정감이란 고작해야 엄청나게 넓은 테마파크에 놀

러가서 입구만 구경하고 온 격이었다. 쾌락이 무엇인지, 쾌락이 줄 수 있는 감각의 폭이 어느 정도인지 깨닫게 되자 이 부장은 모든 사람이 새로운 관점에서 보였다. 이마에 핏발을 세우고 자신에게 분노를 쏟아 내는 상사 앞에서도 생각했다.

오르가슴을 경험해 본 일이 없으니까 저러는 거겠지.

운전 중 누군가 끼어들기를 하거나 경적을 울려 대도 생각했다.

아, 욕구불만이야. 불쌍하네.

이 부장의 눈에 세상은 온통 불쌍한 사람들로 이뤄져 있었다. 그들은 즐거움을 몰랐으며 그렇기에 세상에 분노하고 있었다. 이 부장은 지금까지 목표를 위해 달려왔다. 그리고 목표를 이루지 못했다는 사실이 자신을 불행하게 하는 원인이라 믿었다. 하지만 비로소 깨달았다. 그동안 자신이 불행했던 이유는 오직 하나, 아네로스가 없었기 때문이었다.

이 부장은 그 어느 때보다 확신에 차 있었다. 이 작은 외계인의 알만 있으면 어느 때건 어디에서건 안드로메다까지 날아갈 수 있으니까. 아등바등 살아왔던 그동안의 삶은 다 무엇이었나 싶었다. 그리고 궁금해졌다.

이 좋은 일을 일주일에 한 번만 해야 하는 걸까? 혹은 매일 할 수는 없는 걸까?

"그러니까 이건 단순한 쾌락과는 다른 겁니다."

덥수룩한 수염이 난 사내는 방석 위에 책상다리를 하고 앉아 있었다.

"뭐가 다른 겁니까?"

중간에 앉아 있는 여드름 난 청년이 손을 들고 물었다.

"인간의 단순한 쾌락은 종족 보존 본능에 맞춰져 있습니다. 종족 보존을 유도하기 위한 보상 차원으로 존재하는 것이고, 기능적인 것이지요. 하지만 우리가 하는 일은 기능적으로는 완전히 무가치한 일입니다. 아네로스를 사용한다고 해서 아이가 생기지도, 사정을 하지도 않습니다. 한마디로 쓸데없는 짓이지요."

"그렇지만 기분이 뿅 가잖아요."

뒤쪽에서 누군가 소리쳤다.

"그렇기에 위대한 겁니다. 인간 존재의 본질은 애를 낳는 기계도, 어떤 생산을 위한 도구도 아닙니다. 그 자체로 자유로운 존재이자 고귀한 존재죠. 그런데, 인간은 스스로를 수단화하고 있습니다. 목적을 위해 맹목적으로 달리며, 목표를 위해 자신을 버립니다. 즉, 어떤 기능으로 스스로를 한정하고 소외시키는 것이지요. 하지만 어떻습니까? 아네로스를 사용하는 일은 그 누구를 위한 일도 아닌 완벽히 여러분 자신을 위한 일입니다. 이것이야말로 한 인간이 할 수 있는 가장 자족적인 행복 추구이자 완전한 자신의 존재에 대한 인정인 것입니다."

주변에 앉아 있는 다른 사내들은 아, 하고 낮은 탄성을 질렀다. 다리가 저렸던 이 부장은 자세를 고쳐 앉았다. 사내는 수염을 쓰다듬으며 낮고 확신에 찬 목소리로 말했다.

"우리는 그 누구에게도 의지하지 않고, 그 누구에게도 종속적이지 않으면서 스스로 행복해질 수 있습니다. 하지만 많은 사람들이 세속적인 가치에 눈이 멀어 인간이 지닌 가능성을, 그 자신 안에 잠들어 있는 행복을 보지 못합니다. 한마디로 눈뜬장님으로 살아가고 있는 것이죠. 그런 면에서 여러분들이야말로 선택받은, 개안한 존재인 겁니다."

박수가 터져 나왔다. 이 부장은 선택을 받았다는 사내들을 둘러보았다. 여드름투성이 사내, 배가 나온 남자, 작고 옹색한 아저씨, 탈모한 머리를 애써 기른 옆머리로 감춘 남자. 하나같이 변변치 않은 꼴들을 하고 있었다.

이 부장이 자신이 겪었던 일에 대한 설명을 찾았던 것은 너무나도 당연한 일이었다. 며칠간 꾸준히 이 부장은 드라이 오르가슴이란 단어로 인터넷을 검색했다. 하지만 얻을 수 있는 정보는 너무나 적었고, 대부분은 쓸모가 없었다.

드라이 오르가슴에 대한 경험담 중 3분 1은 자랑과 판타지가 뒤섞인 선민의식에 사로잡혀 있는 글이었고, 3분 1은 게

이 취급을 하며 조롱하거나 혐오하는 글이었다. 나머지 3분 1은 여러 형태로 포장되어 있었지만 결국 성인용품 선전 글이었다. 일주일쯤 검색하자 대충 그림이 보이기 시작했다. 환상적인 드라이 오르가슴에 대한 자랑 내지 디테일한 경험담은 십중팔구 성인용품과 관련된 링크와 연결되어 있었고, 그런 글에는 뒤이어 게이라 욕하거나 변태 새끼들이라는 글이 뒤따랐다. 지옥에서 불타 죽어야 할 게이들에 대한 장문의 분노 글을 뜬금없이 그런 곳에 올린 사람들도 있었다.

이 부장이 진정 알고 싶은 것은 쓸 만한 정보였다. 리스크를 무엇보다도 싫어하는 이 부장에게 새로 눈뜬 세계는 그저 섣불리 발을 내딛기엔 두려운 것들뿐이었다. 알 수 없는 세계에 대해 가장 신뢰할 수 있는 자료는 다름 아닌 논문이었다. 때문에 이 부장 역시 학술적인 자료를 찾아보려 했지만, 검색 실력이 부족한 탓인지 제대로 된 자료는 찾을 수 없었다. 기껏 일본에 관련 책이 출간되었다는 사실을 알아내긴 했지만 일본어를 할 줄 몰랐다. 드라이 오르가슴에 대한 온라인 커뮤니티도 가입해 보았지만 누구나 들락날락할 수 있는 이런 커뮤니티들의 글도 결국 자신의 경험에 대한 쓸모없는 자랑이나 신빙성이 떨어지는 선민의식에 찬 과장된 간증뿐이었다. 성인용품 광고로 이어지는 이런 글보다 차라리 홈쇼핑의 전립선을 낮게 해 준다는 약 광고가 훨씬 신빙성 있어 보였다.

"여러분이 단순한 자위나 하려고 이곳에 모이셨다면, 잘못 오셨습니다. 그런 분이 계시다면 지금 자리에서 일어나 나가 주시죠."

앞줄에서 일어나는 사람은 없었다. 이 부장은 고개를 돌렸다. 서너 명이 앉아 있는 그의 뒤쪽에서도 일어나는 사람은 없었다.

"네. 역시 그렇군요. 다들 제 예상대로 자위나 하러 오신 분들은 아니군요. 여러분도 아시는 것처럼 단순히 전립선을 자극하고, 딜도를 항문에 사용한다고 해서 다 우리들 같은 경험을 하는 건 아닙니다. 게시판을 보신 분들은 아시겠지만, 열에 일곱은 열심히 시도하지만 결국 실패합니다. 물론, 제 개인적인 의견으로는 누구나 꾸준히 노력하시면 결국 경험할 수 있다고 믿습니다만 많은 분들이 그 관문에서 좌절하시고, 여러분들이 경험하시는 새로운 세계에 도달하지 못하시죠. 그런 면에서 여러분들은 그런 어려운 관문을 뚫고 선택받으신 분들이라고 할 수 있습니다. 그러니까 여러분들에겐 나름의 사명이 있는 겁니다. 새로운 세계를 경험한 자들이 짊어지고 가야 할 선지자의 사명 말입니다."

이 부장은 고개를 돌려 옆 사람의 얼굴을 바라보았다. 그는 초롱초롱한 눈빛으로 앞에 앉아 있는 수염이 하는 이야기를 듣고 있었다. 이해할 수 있을 것 같았다. 이 부장 역시 지금 수염이 말하는 그런 느낌을 첫날 경험한 터였다.

아, 이런 세상이 있구나. 이런 세상이 있구나!

이 부장은 그 순간 어떤 계시를 받은 느낌이었다. 그 사명감을 이해하는 저 수염 역시 자신과 같은 경험을 해 본 것이 틀림없을 터였다.

이전까지 이 부장의 세계는 아주 단순한 메커니즘으로 이루어져 있었다. 목표와 결과가 있었고, 목표를 향하는 거대한 기계는 그의 인내를 연료로 움직였다. 세상은 쓸모 있는 것과 쓸데없는 것으로 나뉘었고, 쓸모 있는 것이 아니라면 효율을 위해 버려 마땅했다. 적자생존이란 단어의 의미는 명확했다. 살아남기 위해서는 쓸모 있는 것이 되어야만 했다. 이 부장은 자신의 존재 이유가 그 목표라는 것이 결과와 일치하도록 만드는 데 있다고 믿었다. 그리하여 자신이 속해 있는 회사나 가족이 원하는 목표를 향해 달려왔다. 그런데 저 앞에 앉아 있는 수염은 다른 사명이 있다고 말하고 있었던 것이다.

"세상을 보십쇼. 탐욕과 이기심이 넘쳐 나는 곳입니다. 싸움과 분쟁이 사방에서 일어나고, 사람들은 서로 증오합니다. 이유가 뭡니까? 그 이유가 뭐라고 생각합니까? 그건 자신의 욕망을 위해, 자신의 행복을 위해 타인을 이용하고 희생시키기 때문입니다. 그런데 우리들은 어떻습니까? 우리들은 스스로 만족하는 사람들입니다. 우리들은 스스로 행복해질 줄 아는 사람들입니다. 우리들이야말로 짐승 같은 이 사회의 소금 같은 존재입니다!"

수염은 어느새 자리에서 일어나 열변을 토하고 있었다. 그의 말투 하나, 동작 하나에 사람들의 표정은 변했다. 이 부장은 그의 달변이 부러웠다.

"보십쇼. 그런데 세상은 우리를 어떻게 보고 있습니까? 우리에게 변태라고 말합니다. 우리에게 게이라고 욕합니다. 우리가 그들에게 무엇을 했습니까? 우리가 그들에게 욕을 했습니까? 우리가 그들에게 해를 끼쳤습니까? 아닙니다. 우리는 그저 인간 내면의 본질을 탐색했을 뿐입니다. 우리 안의 가능성을 시험하고 존재의 근원을 찾기 위해 수련을 했을 뿐입니다!"

수염은 말을 멈췄다. 그리고 반지하의 홀에 있는 사람들 하나하나와 직접 눈을 맞췄다. 그는 천천히 입가에 미소를 머금은 채, 홀 안에 있는 스무 명 남짓한 얼굴을 일일이 살핀 후 돌아섰다.

"아마 이렇게 말하면, 저 새끼 딸치는 거 가지고 존내 썰 푸네, 이 중에는 분명 그렇게 생각하시는 분도 있을 겁니다. 네, 그럴 수 있죠. 그렇게 생각할 수 있습니다. 그래서 준비했습니다."

수염은 손에 쥔 무언가를 눌렀다. 천천히 벽을 따라 전동 스크린이 내려왔다. 동시에 홀의 불이 하나둘 꺼지기 시작했다. 이 부장은 놀랐다. 평생 자위와 관련한 프레젠테이션을 받으리라고는 상상조차 못했으니까.

프로젝터 불빛에 눈을 찌푸렸다. 이 부장은 빛의 터널을 통과하는 듯하던 그때 그 감각이 떠올랐다. 자신도 모르게 몸을 부르르 떨었다. 거의 동시에 등을 따라 싸늘한 냉기가 흘렀다. 지금 자신이 회사의 대회의실에서 다음 분기 주력 상품에 대한 프레젠테이션 도중이라는 사실을 새삼 깨달았던 것이다.

"감기 기운이 있는지 몸이 오슬오슬하네요."

이 부장은 억지로 웃어 보였다. 얼굴이 제대로 보이지 않았지만, 프로젝터 너머에 앉아 있을 임원들의 표정은 보지 않아도 뻔했다.

이런 일이 처음은 아니었다. 밤길 모퉁이에서 튀어나오는 고양이처럼 일상생활 도중에도 갑자기 예의 전율이 찾아오곤 했다. 마치 뇌에 꺼져 있던 스위치 하나가 그 밤 그 순간 갑자기 켜졌고, 그 배선의 회로를 따라 신호가 되살아나고 있는 것만 같았다. 결산 보고서를 읽다가 소스라치게 놀란 적도 있었다. 의자에 앉은 채 자신도 모르게 괄약근을 조이고 있었던 것이다. 사무실에서 다른 직원이 자신을 보는 것이 두려웠다. 때때로 방심하고 있을 때 무슨 표정을 짓고 있을지 알 수 없었던 것이다.

그렇다 해도 이제는 집에서 기다리는 존재가 있었다. 회식이 있거나, 피치 못할 야근이 생기면 엉덩이가 들썩거렸다. 퇴근 시간이 지나기 무섭게 이 부장은 부서에서 가장 먼저 일어났다. 이 부장을 아는 사람이라면 이 변화를 모를 리 없었다. 지금까지 그는 회사를 위해 존재하는 사람처럼 살아왔던 것이다.

프레젠테이션이 끝났을 때, 자신의 방으로 오라는 이사의 호출은 그런 이유에서 예정된 것이었다.

"요새 집안에 무슨 문제가 있나?"

"아닙니다."

"아니면 몸이 안 좋은 건가?"

"왜 그러십니까?"

"그럼 지난 실적이 좀 잘 나왔다고 완전 풀어진 거야? 아니면 뭐야? 회사 일도 전처럼 집중 안 하고. 내가 자네를 신입사원 때부터 봤지만, 이런 모습은 처음이잖아!"

이 부장은 거의 반사적으로 답했다.

"아, 심각한 건 아니고, 의사가 몇 주 치료받아야 한다고 해서요."

"건강관리가 자기 관리고, 자기 관리가 경력 관리인 거 몰라? 알 만한 사람이."

"심려를 끼쳐 죄송합니다. 회사 일에 지장 없게 하려고 했는데, 제가 부족했습니다."

"그걸 말이라고 하나. 참, 사람이 가만 보면 미련한 구석이 있어. 그리고 그런 사정이 있으면 미리 말하든지⋯⋯."

이사는 잠시 말을 멈추고 짧게 한숨을 쉬었다. 무슨 한숨인지 이 부장도 알고 있었다. 화는 나지만, 여기서 화를 내면 내가 나쁜 놈이 되기에 어쩔 수 없이 꾹 참는다는, 그런 한숨이었다.

"근데, 어디가 문제라던가?"

"저, 말씀드리기 송구스러워서."

"괜찮으니까 말해 봐."

"전립선이 좀 안 좋습니다."

이 부장은 놀랐다. 전립선 치료를 받은 사실은 무덤까지 혼자 가지고 갈 비밀이라 생각했다. 그런데 자신의 입에서 갑자기 전립선 이야기가 튀어나온 것이다.

"그게, 생각처럼 간단한 질병이 아니더라고요."

이사는 이 부장의 어깨에 손을 올렸다.

"알아. 내, ⋯⋯그러니까 내 친구도 그걸로 고생 많이 했지.

힘들다고 하더구먼."

"조금, 그렇습니다."

"남자한테 워낙 소중한 거니까. 이해해. 아주 힘들겠어."

"송구스럽습니다."

"거, 내 친구는 토마토랑, 은행 많이 먹어서 좋아졌다고 하던데, 자네도 한번 먹어 보게. 그리고 홍삼 절편도 좋고."

"네."

"좌욕은 하고?"

"가능하면 야근 없을 땐, 빠짐없이 하려 하고 있습니다."

"그래, 그래야지. 그래서 퇴근을 서둘렀던 거구먼."

이 부장은 고개를 더 숙였다. 금방이라도 터져 나오려는 웃음을 참기 위해서는 어쩔 수 없었다. 지금 자신의 앞에 있는 이 사내가 예의 환자복을 입고 엉덩이를 내민 채 전립선 마사지를 받고 있는 광경이 떠올랐던 것이다. 어금니로 입술 안쪽을 깨물었다. 그리고 쥐어짜 낸 침통한 목소리로 말했다.

"미련하게 참았더니 상태가 많이 안 좋아서 치료에 제법 시간이 걸린다고 하더라고요. 그래서 식이요법으로 잘 될는지는 모르겠습니다."

상사는 긴 한숨을 쉬었다.

"아이고, 얼마나 심각한가? 혹시……?"

"검사 결과 그건 아닌데, 여기서 까딱 잘못하면 그럴 수도 있다고⋯⋯."

이 부장은 그게 다행히도 암은 아니라는 걸 알아듣는 이사의 모습에서 그 역시 같은 치료를 받았다고 확신했다. 눈앞의 이 사내는 전립선 마사지를 받았을 때, 어떤 소리를 냈을까? 그 역시 아네로스를 사용하고 있을까? 평소 좋은 관계가 아니었음에도 이 부장은 그에게 말할 수 없는 친밀감을 느꼈다.

"이 미련한 사람아. 그렇게 말도 못하고 끙끙 앓으니까 요새 일하는 게 그 모양이지. 내 알았으니까, 내 선에서 어떻게 봐줄 수 있는 편의는 좀 봐줄게. 그러니 몸부터 추슬러. 알지? 남자는 그거야. 그 힘으로 일하는 거야. 그러니까 얼른 치료받아서 다시 회사 일에 전념하라고."

"몸 둘 바를 모르겠습니다."

이 부장은 웃지 않기 위해 고개를 더욱 조아렸다.

이사의 배려 덕분에 눈치 보지 않고 퇴근할 수 있게 되었다. 하지만 계속 이렇게 살 순 없었다. 이 부장은 새로 열린 세계와 이전까지 살아온 세계 사이에 발을 걸친 채 서 있는 이 어정쩡한 상황을 어떻게든 빨리 타개하고 싶었다. 그래서 가입한 커뮤니티에서 쪽지를 받았을 때, 두 번 고민하지도 않았다.

오프 모임을 개최합니다. 오프 모임은 드라이 오르가슴을 이미 경험하신 분에 한정합니다. 참석 여부를 해당 아이디 쪽지로 알려 주시고, 이 사실을 다른 유저에게는 비밀로 해 주시기 바랍니다. 참석 여부를 알려 주시면 시간과 장소를 추후 공지하겠습니다.

키보드 위에서는 답장을 하는 손가락이 춤을 추고 있었다.

그렇게 찾아간 모임 장소는 주택가 안쪽 골목에 지어진 낡은 4층 상가 건물이었다. 그것도 지상이 아닌, 주택가 비탈에 맞닿은 반지하 층이었다. 계단을 내려가는 동안 눅눅한 곰팡이 냄새가 훅 올라왔다. 이 부장은 잠시 몸을 돌려 돌아갈까 고민했다. 하지만 돌아가면 그가 발견했던 세계의 많은 곳이 영영 무지의 영역에 남을 터였다. 지난번의 그 경험 역시 용기를 내지 않았다면 느껴 보지 못했을 짜릿함이었다. 이 부장은 결심을 하고 계단을 내려갔다. 그리고 계단이 끝나는 곳에서 유리로 된 미닫이문이 있는 홀을 마주하게 되었다. 입구의 계단과 달리 홀 안쪽은 제법 그럴듯하게 인테리어 되어 있었다. 리놀륨이 깔린 바닥에 벽은 뜻밖에도 그리스풍으로 회칠이 되어 있었다. 문을 밀고 들어서자 열 명 남짓한 사람들이 이미 와 있었다. 현관에는 신발장이 있었고, 신발장마다 슬리퍼가 있었다. 나무 모양의 바닥재가 깔린 바닥의 한구석에는 방석이 쌓여 있었다. 벌써 몇 명의 사내들이 홀 안에 방석을 깔고 자리 잡고 있었다. 몇몇은 아는 척하며 인사를 나누는 것으로 미뤄 이 모임이 처음은 아닌 모양이었다.

"그분이 오시는 겁니까?"

"네. 오늘 모처럼 수련을 마치시고 서울로 상경하셨다는 소식을 듣고, 제가 모임을 소집한 겁니다."

"아이고, 잘하셨네."

이상한 대화를 주고받던 이들은 문이 열리는 소리가 들리자 일제히 이 부장을 바라보았다. 돌이켜보면 이때가 이 부장이 달아날 수 있는 마지막 순간이었다. 하지만, 이 부장이 어정쩡하게 문고리를 잡고 잠시 멈칫한 사이, 어느새 대화를 나누던 사내들이 그의 양쪽에 서서 그를 홀 안으로 안내하고 있었다.

"온라인에서도 조용하시더니, 오프라인에서도 마찬가지시네. 어휴, 저는 좀 더 어린 분이신 줄 알았더니 이렇게, 정장 입으신 신사분이라 놀랐습니다. 좋은 의미에서 말이죠."

이 부장의 오른쪽에 있는 사내는 기능성 운동복을 입은 채, 건강 잡지의 화보에 나올 듯한 미소를 짓고 있었다. 운동복 밖으로 터져 나올 듯한 근육에 태닝한 갈색 피부를 보면 엄청난 노력으로 만들어 낸 몸이라는 것을 알 수 있었다.

"안으로 들어오셔서 편한 곳에 앉으시면 됩니다. 저희가 회원분께 막 부담 주고 그런 모임은 아니거든요."

누가 봐도 부담스러운 미소를 지으며, 전형적인 M자 탈모의 사내는 이 부장의 팔을 잡고 홀의 가운데로 안내했다.

"여, 여기 앉겠습니다."

차마 나간다고 말할 수 없었던 이 부장은 어정쩡한 자세로 멈춰 선 채 이렇게 말했다. 그러자 탈모가 고갯짓을 했고, 근육이 쪼르르 달려가 방석을 가지고 왔다.

"편히 앉으세요. 운이 좋으시네요. 첫 모임부터 그분을 뵙게 되신다니 말입니다."

"그분이…… 누구신데요?"

그러자 두 사람 다 믿을 수 없다는 표정을 지었다.

"아니, 그분도 모르면서 여기 오신 겁니까?"

두 사내의 설명을 대충 정리하자면, 그분은 서울대 법대를 중퇴하시고, 세상의 이치를 깨닫기 위해 인도로 건너가신 분이었다. 그곳에서 요기 마스터 라흐무시기에 사사를 받은 후 명상을 하기 위해 타프무시기 숲에 들어가서 구루를 만나게 되었으며, 인간 본질에 대한 이치를 깨닫고, 계룡산으로 돌아와 자기 수련 중이신 분이었다. 이 부장은 이름도 제대로 외우지 못할 인도의 고유명사에서 갑자기 계룡산으로 이어지는 단어의 격차에 신선한 충격을 느꼈다. 너무 신선해서 거의 사기라는 것을 직감할 수 있을 정도였다.

어쨌든, 이제 와 일어날 수는 없었다. 그사이 다른 사람들이 들어왔고, 모두 자리에 앉아 있는 탓에 자리에서 일어나 밖으로 나가는 것은 엄청난 용기를 필요로 했다. 그리고 사람들의 무리를 거스르는 그런 용기는 이 부장에게는 결코 없었다. 그렇게 미적거리는 사이 예의 수염 사내가 홀 앞쪽에 위치한 강단에 나타났다.

"보시면 알겠지만, 차크라란 단순히 미신적인 주먹구구식의 개념이 아닙니다. 인체 내부에 존재하는 내분비계의 작동과 관련한 에너지의 중심점이 바로 차크라입니다. 이 사진은 인간 교감신경의 전개도입니다. 의대에서 배우는 실제 사진이죠. 다음 사진은 부교감신경의 전신 전개도입니다. 재밌죠. 그리고 이건, 림프선의 전개도입니다. 림프선이 뭔지는 다들 아시죠. 마지막으로 이건 혈관의 전개도입니다. 이처럼 인체에는 다양한 내분비계가 존재하고 있습니다. 이 사진, 전부 의대에서 사용하고 있는 의학적인 자료입니다. 어디서 주워 온 이상한 사진 아닙니다. 그럼 이것들을 전부 합쳐 볼까요? 네, 보이시죠. 눈치 빠른 분들은 아마 뭘 보여 주려 하는지 눈치채셨을 겁니다. 놀랍게도 이것들이 교차하고 있는 지점들이 인도에서 수천 년 전에 이미 생명 에너지들이 회전하는 곳이라고 믿었던 차크라들의 위치인 겁니다."

수염이 준비한 프레젠테이션 영상은 썩 훌륭했다. 중요한 이미지들 중심으로 집중하기 쉽게 만들었다. 누가 만들었는지 알 수 없었지만, 생각 같아서는 회사에 데려가 프레젠테이션을 만드는 전담 직원으로 쓰고 싶을 정도였다.

"여기, 보시는 이 그림이 인체의 가장 중요한 일곱 개의 차크라를 나타낸 것입니다. 요가 수행자들은 요가의 동작들을 통해서 이 일곱 차크라를 단련하게 됩니다. 그중 가장 중요한 차크라는 모든 차크라를 여는 문이자, 차크라의 뿌리에 해당하는 물라다라 차크라입니다. 이곳은 생명의 근본으로 생존 본능과 생식의 에너지가 바로 이곳에서 나옵니다. 또한 여러분이 느끼는 공포나, 불안, 과대망상 같은 감정을 지배하는 곳이 바로 이 차크라입니다. 이곳이 소멸의 공포에 지배되는 순간 여러분은 혼란과 가치관의 상실을 경험하게 됩니다. 그리고 여러분이 경험하셨던, 바로 그 놀라운 경험들은 바로 이 차크라의 문을 여는 행위였습니다. 다시 이전 그림을 볼까요? 여기 일곱 개의 차크라가 잘 보이시죠. 이 자리에 모이신 분들은 다들 경험해 보셔서 아시겠지만, 이 물라다라 차크라가 열렸을 때 느낌이 어느 방향으로 퍼져 나갔는지 기억을 돌이켜 보시죠. 가장 먼저 아마 음경이 반응했을 겁니다. 저희 같은 수련인들은 스바디슈타나 차크라라 부르는 곳이죠. 그리고 이 사진에서처럼 척추를 따라 위로 올라가며 마니프라 아나하타, 비슈다 아쥬냐, 사하스라라 차크라까지 전달되는 것입니다. 다들 경험해 보셨죠. 정수리가 찡하니 열리는 느낌. 이게 바로 사하스라라 차크라가 열린 겁니다. 물론, 사람에 따라 아나하타까지만, 혹은 비슈다까지만 열리는 분도 계십니다. 그러나 그런 분들도 꾸준히 수련하시면 정수리가 열리며 세상이 하얗게 되는 경험을 하실 수 있습니다."

이 부장은 입을 다물지 못했다. 본인이 경험하지 못했다면 도저히 믿지 못할 이야기였다. 만약 그날 이전의 이 부장을 데려와 똑같은 강연을 듣게 했다면 이 부장은 코웃음 쳤으리라. 하지만 지금은 웃을 수 없었다. 저 앞에 앉아 있는 수상하게 생긴 수염은 이 부장의 경험이 수상한 것이 아니라며, 자연스러운 경험이라 이야기하고 있었다. 뿐만 아니라 이 부장이 느꼈던 감각에 대해 고유명사가 존재한다고 말하고 있었다. 그렇다. 새로운 세계는 이 부장만이 느낀 세계가 아닌 인식 가능한 세계였다. 바꿔 말하자면, 이 세계에서도 자신이 따를 룰을 찾을 수 있고, 목표를 만들어 잘해 나갈 수 있다는 이야기였다. 그동안 마음속 깊은 곳에 있던 불안이 사라졌다. 불안이 물라무시기 차크라의 감정이라 했으니 그동안 느끼던 불안조차 자연스러운 것이었으리라. 어쩌면 처음 수염이 말했던 것처럼 이 모든 것은 이 부장이 이해할 수 없는 우주적인 거대한 의미를 포함하고 있는 필연일지도 몰랐다.

수염의 프레젠테이션이 끝났을 때, 거의 동시에 박수가 터져 나왔다. 이 부장 역시 박수를 치고 있었다. 이제 신세계의 미아 신세는 면하겠구나. 상당히 수상한 내용이 많았음에도 불구하고 이제야 길을 찾은 기분이었다. 수염은 열렬한 환호를 받으며 강단에서 내려갔다. 앞줄에 앉아 있던 사람들이 그와 악수를 하기 위해 자리에서 일어났고, 뒷줄에 있던 사람들도 뒤따라 자리에서 일어나 앞으로 향했다. 자리에서 일어날 정도로 감명을 받은 것은 아니었지만, 뒤를 돌아보니 자신을 제외한 모든 사람들이 일어나 있었다. 그닥 튀고 싶지 않았으므로 미적거리며 자리에서 일어난 이 부장은 사람들이 수염에게 몰려가 머리를 조아리며 악수하는 모습이 생경했다. 확실히 사람들이 몰리니 처음 말을 시작할 때 별 볼 일 없어 보이던 수염에게도 후광이 보이는 것도 같았다.

"다들 진정하세요. 선생님 지금 바로 가시는 거 아니니까 흥분하지 말고 자리에 앉으시죠."

이 부장을 자리에 앉혔던 M형 탈모가 어느새 마이크를 잡고 있었다. 이 부장은 주위를 돌아보았다. 자신의 대각선 앞에 있는 여드름투성이의 청년이 자리에 앉았다. 이 부장 역시 뒤따라 자리에 앉았다. 그러나 두 사람을 제외한 다른 사람들은 쉽사리 흥분을 가라앉히지 못하고 있었다. M형 탈모가 여러 번 자리에 앉을 것을 요청하고, 근육이 수염에게 달려드는 사람들을 진정시키고 나서야 홀은 조용해졌다. 이 부장은 다시금 불편해졌다. 왜 열광하는지 이해할 수 있었지만, 동시에 이게 저렇게 열광할 일인가 하는 의구심도 들었다. 그럴듯한 이야기를 하긴 했지만 어쨌든 결국 딸치는 이야기였고, 그걸 말한 사람도 여자 아이돌이나, 여배우 같은 스타가 아닌 지저분하게 생긴 수염 난 아저씨였을 뿐이다. 남자가 다른 남자에게 열광하는 모습은 다소 보수적인 이 부장 정서엔 불편했다.

다시 사람들이 착석하자, 탈모는 강단 밑에서 무언가를 꺼내 들었다. 그것은 다름 아닌 책이었다.

『신비의 문 — 차크라, 존재의 비밀』.

프레젠테이션에 나왔던 인체 차크라 위치가 그려진 그림 위에 명조체로 쓰인 제목이 적혀 있는 책은 딱 보기에도 처량할 정도로 볼품없어 보였다. 조악하기가, 동네 출력소에 부탁해도 저보다 잘 제본해 줄 것 같았다. 탈모는 책을 자랑스럽게 펼치며 말을 이어 갔다.

"보시면 알겠지만, 방금 전 선생님께서 말씀하신 내용이 모두 책에 나옵니다. 그것뿐이냐, 그것만 나오면 제가 이렇게 여러분께 이 책을 소개해 드리지 않습니다. 시간 관계상 선생님께서 여러분들에게 말씀해 주시지 못한 힐링이 되는 좋은 말씀들이 많이 있습니다. 그런 내용들도 이 책 안에 장별로 잘 정리되어 있습니다. 오늘 보니까 새로운 얼굴들이 많이 보이던데, 그분들은 오늘 선생님 말씀 처음 들어 보는 거 아닙니까? 지난번 강의랑, 지지난번 강의 때 어떻게 차크라를 단련시키는지 시범도 보여 주시고, 아네로스 사용법도 선생님께서 직접 가르쳐 주셨는데, 그런 중요한 걸 못 보셨는데. 어쩌나, 어떻게 하나. 그런데 이 책만 사면 그런 걱정을 할 필요 없다는 겁니다! 그 내용! 다 이 책 2장에 나오는 이야깁니다. 요기, 요기 보세요. 여러분들이 따라하기 힘드실까 봐 이렇게 사진으로까지 친절하게 설명해 주고 있지 않습니까. 네, 네. 사진 밑에는 이렇게 친절하게 설명도 있어서 단계별로 따라하기만 하면 누구나 단련할 수 있습니다. 뿐만 아니라 이 요가 동작에 대한 설명도 자세하게 나와 있습니다. 단련 자체가 인체의 구조에 따른 구조적인 방법이니까 누구나 따라하시면 원하시는 경지에 다다를 수 있습니다. 선생님께서는 요기 마스터에게 배워 오신 비기를 이 책에서 대공개하는 겁니다."

이 부장은 미간을 찌푸렸다. 탈모가 보여 주는 책 속의 사진은 사진인지 그림인지 구분할 수 없을 정도로 조악했다. 기억 속에 희미하게 남아 있는 등사 인쇄기를 다시 구해서 만들었다고 해도 믿을 만큼 형편없는 인쇄 질은 이 부장에게 묘한 향수와 함께, 불편함을 불러일으켰다. 이 부장은 생각했다. 그래도 최소한 상업적인 목적이 있는 건 아니잖아. 그러다 보면 저렇게 만들 수밖에 없겠지. 그때 탈모가 책을 내려놓고 무언가를 들었다.

"자, 이 책만 가지고는 여러분의 차크라를 단련할 수 없겠죠. 그래서 선생님이 직접 설계하신 차크라 단련 기구를 이렇게 준비했습니다. 이건 기존의 도구들이 지니고 있는 수많은 단점들을 개량해서, 단전부터 정수리까지 단숨에 기통할 수 있도록, 여러분 모두가 기쁨을 아는 몸이 될 수 있도록, 만들어 주는 아네크라입니다. 보시면 알겠지만, 기존의 아네로스는 원래 전립선을 자극하도록 만들어진 겁니다. 그러나 여러분은 다들, 전립선이나 만지작거리며 자위하자고 모이신 거아니죠. 이건 제대로 차크라를 단련할 수 있도록, 선생님께서 연구에 연구를 거듭하며 계량하신 겁니다. 보십쇼. 모양부터가 기존의 전립선 자극기와 비교 우위에 있다고 평가할 수 있습니다."

탈모가 보여 준 물건은 어찌 보면 아네로스와 유사한 듯, 유사하지 않은 물건이었다. 하지만 이 부장의 눈에 거슬렸던 것은 유사성 자체보다는 오히려 제대로 마무리하지 않은 금형틀의 자국이었다. 금형틀의 맞붙인 자국을 제대로 가다듬지 않아 대칭으로 긴 띠 모양의 주름이 있었고, 그 끝은 거칠었다. 잘못 항문에 넣었다간 피를 볼 게 틀림없었다. 하지만 이 부장의 입을 다물지 못하게 했던 것은 다름 아닌 가격이었다. 탈모가 말한 책과 아네크라의 합본 가격은 아네로스를 세 개쯤 사고도 남을 돈이었던 것이다. 아네로스 하나 살 돈이면 중국산 짝퉁을 서너 개 살 수 있다는 걸 알고 있는 이부장에게 아네크라의 가격은 도저히 말도 되지 않았다.

"물론, 너무 비싸다는 분이 계실 수 있습니다. 가격만 보면 그럴 수 있습니다. 하지만 이건 저희 선생님께서 직접 설계를 하신 겁니다. 그냥 전립선이 아니라 딱 정확히, 딱 물라다라 차크라를 확실히 수련할 수 있는 기구죠. 그것뿐이냐. 단전들을 단련할 수 있는 요기 마스터 라흐무시 선생님께 직접 사사받은, 요기 마스터께서 열반하셔서 이제는 인도에서도 배울 수 없는 정통 기공 단련을 배울 수 있다는 겁니다. 네, 네. 그렇습니다. 아무리 좋아도 여러분의 주머니 사정이 허락하지 않을 수 있죠. 압니다. 이렇게 개발비가 많이 든 탓에 이윤 없이 초염가로 공급함에도 저희 기구가 다른 전립선 마사지 기구에 비해 부담되는 가격인 건 사실입니다. 물론 기능은 그런 전립선 마사지용과 비교할 수 없죠. 그치만 여러분들께는 부담이 될 수밖에 없는 가격인 것도 사실이지 않습니까. 그래서 특별히 파격적인 조건으로 최대 24개월까지 할부를 해 드립니다. 그것뿐이냐. 일단 할부를 하시고 다음 모임 때, 아는 분들과 함께 모임에 참여하시거나, 아는 분이 아네크라를 구입하신다, 그러면 그 조건에 따라 이 표에 나오는 대로 수익을 분배받을 수 있습니다. 보시면 아시겠지만 정말 파격적인 조건 아닙니까? 여러분이 열 명을 데려오거나, 데려온 분이 아네크라를 세 개만 구입하시면, 사실상 여러분은 돈을 받아가며 아네크라를 쓰실 수가 있는 겁니다. 이 파격적인 가격이 어떻게 가능하냐? 저희는 여러분들 한 분, 한 분이 존재의 본질을 깨닫는 것이 중요하다고 생각하지, 돈이 중요하다고 생각하지 않습니다. 그래서 널리 많은 사람들을 이롭게 하는 홍익인간 정신으로 인생의 문제를 해결하고 삶의 비밀을 깨닫게 하는, 차크라의 문을 열어 줄 이 아네크라를 최대한 많이 보급하려 합니다. 때문에 마케팅 비용과 부대 비용을 없애고 파격적인 네트워크 마케팅을 통해서 판매를 하고 있는 겁니다."

이 부장은 자신도 모르게 입을 벌렸다. 너무나 어이가 없어서 화조차 낼 수 없었다. 수염의 이야기를 듣고 감동한 자신이 민망할 지경이었다.

"역시 몇몇 분이 인상을 쓰시네요. 알고 있습니다. 많이 들어 보셨죠. 네트워크 마케팅이라고, 사람들이 흔히 이야기하죠. 다단계라고. 피라미드라고. 그런데 이런 의문을 가져 보신 적이 있습니까? 왜 다단계가 나쁜가? 왜 피라미드가 나쁜가? 근데 대부분의 분들이 왜 나쁜지도 모르면서 일단 비난부터 하십니다. 그런데 그거 아십니까? 다단계 판매는 현행 방문판매법에 의해 규정된 합법적인 판매 방식이라는 걸. 여기 방문

판매법을 보시면 국가에서 허가한 다섯 가지 판매법 중에 하나입니다. 그렇습니다. 우리가 존재의 본질을 논하는 이 마당에 굳이 그깟 돈 때문에 불법적인 일을 벌일 리 없지 않습니까? 저희가 왜 네트워크 마케팅을 하는데요? 돈 때문이 아닙니다. 우리가 경험한, 여러분이 경험한 그 진리를 널리 전파하기 위해 가장 좋은 방법이기 때문입니다. 그것뿐만이냐, 잘 생각해 보십쇼. 지금 세 명만 데리고 오시면 수익금이 보장되는 형태입니다. 왜냐, 우리는 진리를 향해 가는 와중에 여러분들이 생활고를 겪지 않기를 바라기 때문입니다. 네, 네. 아는 사람도 많이 없고, 누군가에게 부탁하기도 부담스럽다고요. 하지만 그 세 명이 다른 세 명을 더 데려온다! 무슨 일이 벌어질까요? 다들 산수 할 줄 아시잖아요. 네, 그렇습니다. 이 수익금이, 여기 표에 보시는 것처럼 훌쩍 뛰어오른단 말입니다. 그다음, 자, 보세요. 그 아홉 명이 더도 말고 딱 세 명씩만 더 데리고 온다. 이제 무슨 일이 벌어집니까. 예, 이만큼씩을 스물일곱 명에게 받는 겁니다. 이게 한 달 만이냐. 보시면 아시겠지만, 이 표는 24개월 할부 기준입니다. 네, 그렇죠. 계산 잘 하시네요. 여러분은 한 번 잘 하시면 2년 연봉을 이렇게 한 큐에 확보하시는 겁니다."

이 부장은 머리가 지끈거리기 시작했다. 밖으로 나가기 위해 고개를 돌렸다. 입구에 예의 근육이 버티고 서 있었다. 물론, 휴대폰이 있으므로 이런 불법 다단계는 경찰에 신고하면 된다는 걸 알고 있었다. 하지만, 경찰이 뭘 파는 곳이냐 물으면 뭐라 답할 것인가? 경찰서에 가서 진술서를 써야 할 텐데 그곳에 자신의 이름과 주민등록번호, 그리고 전립선 마사지와 드라이 오르가슴에 대해 설명해야 한다고 생각하니 도저히 번호를 누를 수 없었다. 저치들도 그걸 노리고 이 짓을 하는 것이 틀림없었다.

"아직 결정 못하시는 분이 계신 모양인데, 저희가 수익 사업을 하는 게 아니라서 오늘 확보한 물량이 많지 않습니다. 여기 계신 분들이 다 사시고 싶어도 제가 못 드릴 수 있습니다."

그때 가장 앞 열의 사내가 손을 들었다.

"제가! 제가! 열 개 사겠습니다."

이 부장은 손을 들고 있는 남자가 수염에게 달려가 가장 먼저 손을 잡고 손등에 키스한 후 사인을 받았던 사내라는 걸 눈치챘다.

"어허, 이러면 곤란하신데. 저희가 물량이 없어서 열 개는 못 드립니다."

"제가 좋은 분들께 선물하려고 그럽니다."

이 부장은 정신이 아득해졌다. 도대체 전립선을 마사지하는 도구를 선물할 좋은 분들은 누구일까? 좋은 분들과 만나

서 함께 마사지하고 그러는 걸까? 이 부장은 문득 탈모가 차
크라 단련 도구라고 말한 것이 떠올랐다. 아침 약수터에서 남
자 열 명이 함께 모여 아랫도리를 깐 채 아네크라를 가지고
차크라를 단련하는 상상을 하자 속이 메슥거렸다.

"어허, 이러시면 다른 분들이 구매 못하시는데. 그냥 다섯
개까지만 사시죠."

"저도, 열 개가 필요한데요?"

두 번째 줄에 앉은 사내가 손을 들었다. 그 역시, 수염에게
달려든 사내였다.

"하, 진짜, 이게 선생님이 특별 제작해 소량 생산하는 거라
물량이 없습니다. 다른 분들도 필요하다니까요. 제가 구매 수
요를 대충 파악해 보고 다른 분이 안 사신다면 드릴게요. 어
떻게? 다른 분들은 구매 의향이 있습니까?"

몇몇 사람들이 손을 들었다. 다른 사람들은 눈치를 보고
있었다. 이 부장은 눈치를 볼 생각도 없었다. 그저 이곳에서
빠져나가고 싶은 생각뿐이었다.

"어떻게? 그럼 뭐, 이 열 개씩 사시는 분들께 다 넘겨도 될
까요?"

그때 바라보고만 있던 수염이 일어났다.

"뭐하는 겁니까?"

"예?"

"내가 장사하려고 그 책을 쓰고, 아네크라를 만들었다고 생각하는 겁니까?"

"아니요."

"그런데 왜 사람들에게 장사를 하는 겁니까. 여기 오신 분들, 다 진리를 깨우치러 오신 건데, 내가 장사치로 보입니까?"

"아니, 저희는 선생님의 뜻을 지속 가능하게 널리 전파하기 위해서 최소한의 수익을 확보하려는 겁니다."

"그러지 마세요. 제가 돈을 내겠습니다. 여기 이분들께 다 공짜로 나눠 주세요."

"안 됩니다. 이러시면 저희가 이런 행사를 기획 못합니다."

"돈, 돈, 돈! 돈이 문제가 아니라니까요. 그냥 내가 다 책임질 테니 공짜로 주라고요."

"선생님, 그러지 마시죠. 이러시면 저희가 부담스럽습니다."

"아니, 내가 진짜 쪽팔려서. 여기 처음 오신 분들이 오해할 거 아니야. 내가 이걸로 돈이나 벌려고 한다고. 내가 이러려고 계룡산에서 내려온 거 아니란 말이야."

수염은 자리에서 일어나 밖으로 나갔다. 몇 명이 말리는 시늉을 했지만, 소용없었다. 곤란한 표정의 탈모는 한숨을 쉬고 어쩔 수 없다는 표정으로 말했다.

"선생님께서 저렇게까지 말하시니 제가 어쩔 수 없네요. 이 신비의 문 책과 아네크라를 제조 원가, 저희 인건비나 여기

장소 임대료 같은 비용도 다 빼고 원가로, 오늘만 특별히 반값에 드리겠습니다. 어떻게? 김 군아. 거기 앞자리에 계신 분부터 얼마나 사실 건지 확인해서 바로 판매 시작해."

수염이 나간 출입문으로 이 부장보다 족히 한 뼘은 커 보이는 사내가 들어왔다. 김 군이라 불린 그 거구의 사내는 말 없이 책과 아네크라를 내밀었다. 아네크라를 든 김 군의 팔에는 큼지막한 뱀 문신이 그려져 있었다. 말은 필요 없었다. 미간을 찌푸리는 것만으로도 사람들은 순순히 지갑을 열었다. 이 부장은 이 자리에 와 있는 자신이 한없이 한심했다. 그리고 무슨 일이 있어도 절대 사지 않으리라 마음먹었다.

이윽고 김 군이 이 부장 앞에 섰다. 이 부장은 사무실에서 자신이 부하 직원들에게 호령하는 톤으로 목소리를 최대한 쥐어짜 냈다.

"현금이 없어!"

그러자 김 군은 조용히 무선 카드 결제기를 꺼냈다. 워낙 손이 컸던 탓에 카드 결제기는 조그만 장난감처럼 보였다.

"카드도 없어."

물론 거짓말이었다. 하지만 이 어처구니없는 강매를 그저 아무 소리도 못하고 당할 수는 없었다. 이 부장에게는 믿는 구석이 있었다. 영업맨의 관점에서 이들의 판매 방식을 보면 지속적인 판매 가능성을 상정하고 있었다. 24개월 할부라면 중간에 문제가 생겨서 자금이 끊기는 것만은 피하고 싶으리라. 따라서 무리해 강매하지는 않으리라는 믿음이 있었다.

"적으쇼."

김 군이 드디어 입을 열었다. 거구의 몸에 어울리는 깊은 울림이 있는 목소리였다. 김 군이 이 부장에게 내민 것은 대출 서류였다. 케이블 티브이에서 수없이 광고를 하는, 바로 그 금융회사의 무이자 30일 대출 서류였다.

먼저 이해하고 다음에 이해시켜라

지하에서 빠져나온 것은 반나절이 넘게 지나서였다. 아네크라라는 괴상한 물건을 구매한 사람들이 하나하나 밖으로 나가는 동안에도 이 부장은 잡혀 있었다. 김 군이 다른 사람들에게 강매를 하는 동안 탈모가 다시 그의 앞으로 와 이 부장을 끈질기게 설득했다. 별다른 논리는 없었다. 수염이 했던 말을 탈모는 질리지도 않고 끊임없이 반복했다. 다른 사람들이 번갈아 찾아와 얼르고 달래고 화내는 방법을 썼지만 이 부장은 완강했다. 아네크라의 가격은 누가 봐도 바가지였지만 엄밀히 말하자면 이 부장에게 부담되는 가격은 아니었다. 다만 화가 났던 것이다. 이런 곳에 제 발로 찾아왔고, 잠시나마 그들의 이야기에 혹했다는 사실을 이 부장은 견딜 수가 없었다. 그럴 돈이 있다면 차라리 아내에게 보내는 편이 나았다.

"왜?"

"당신 괜찮아?"

"뭐가?"

"어디 아픈 거 아닌가 해서."

아내에게 전화가 온 것은 신세계를 발견하고 이틀 뒤였다. 전화기 속 아내의 목소리는 착 가라앉아 있었다.

"뭐가?"

"그냥 혼자 지내는데 건강은 괜찮나 해서."

머릿속이 복잡해졌다. 아내는 절대로 그냥 전화할 사람이 아니었다.

"무슨 소리야?"

"무슨 소리냐니? 몸 괜찮냐고. 정말 어디 아픈 거 아니야?"

아내에게 전립선염에 대해 설명할 수도 있었다. 그러나 설명은 필연적으로 변명이 될 것이고 변명은 끝내 구차할 터였다. 굳이 그러고 싶지 않았다. 물론 더 두려운 것도 있었다. 아내의 반응은 어떨까? 오히려 화를 낸다면 다행이었다. 어쩌면 아내는 태연하게 이 부장의 전립선염을 받아들일지도 몰랐다. 이를테면 이렇게 말하는 것이다.

"어차피 쓸 일도 없는 물건이잖아."

사흘 전이었다면 큰 의미 없이 흘려들었을 말이었다. 하지만, 이제는 아내를 이해하고 있었다. 왜 그녀가 아이에게 그토록 열정적으로 매달렸는지, 왜 그녀가 아이의 삶에 모든 것을 투사했는지, 분명히 알고 있었다. 그것은 한때 이 부장이 느꼈던 것과 같은 공허함 때문이었다. 몸이 지니고 있는, 몸이 품고 있는 즐거움의 가능성을 경험해 보지 못했으므로, 결코 채워지지 못하는 허기 같은 것이 그녀 안에서 불타오르고 있었다. 때문에 계속 무언가 집중할 대상이 필요했던 것이다. 그 오르가슴이란 이름의, 줄 수 있었으나 주지 못한, 거대한 결핍을 만든 이가 다름 아닌 남편인 자신이었다.

"별일이네. 내 건강 걱정도 다하고."

"별일이라니. 캐나다에 있어도 명색이 마누란데."

"워낙 뜬금없어서. 걱정하지 마. 아주 건강해."

"당신이 그렇다면…… 그런 거겠지."

아내는 쓸쓸한 목소리로 이렇게 말했다.

"무슨 일 있어?"

"애가 그러는데 학원에서 같이 영어 클래스 듣는 친구 아버지가 자살했대."

"왜?"

"우울증이었던 모양이야. 당신처럼 서울에서 혼자 지냈는데, 목을 매달았다나 봐."

"허."

"오늘 애랑 엄마랑 서울로 돌아가나 보더라고. 장례 치르러."

"심란하겠네."

"소문이 무성했어. 엄마들 사이에서. 부인이 캐나다에서 바람났다고. 그래서 그랬는지도 모르지."

"그런 경우도 있어?"

"아무래도 외로우니까. 여기 온 사람도."

이 부장은 아내가 캐나다에서 차라리 다른 사람을 만났으면 좋겠다고 생각했다. 그것으로 살아가는 기쁨을 알게 된다면 이 미안함이 사라질 것 같았다. 그렇게 된다면 아이도 자유롭게 될까.

아니, 이 부장도 알고 있었다. 아이는 영리했다. 때로는 힘들어했고, 때로는 부담스러워했지만, 캐나다에 가게 된 것이 일방적인 아내의 열망 탓만은 아니었다. 조숙했던 아이는 세상이 녹록지 않다는 걸 알고 있었다. 정석을 찢어 먹으며 이해할 수 없던 수학 문제를 달달 외웠던 자신만큼이나 아이는 현실적인 시각을 가지고 있었다. 때때로 아이의 현실감각이 무서울 때도 있었다.

"애는 괜찮아?"

"조금 충격받은 모양이야. 아빠 걱정하더라."

"쓸데없는 걱정은."

"정말 괜찮아?"

"알잖아. 나 둔한 거. 상관없어. 할 일만 있으면."

"하긴, 당신은 회사가 집이지."

이 부장은 반박하지 못했다. 살아가는 이유를 회사에 속해 있는 것으로 찾던 시절도 있었으니까.

"그래."

"보내 준 500달러는 고마워."

"뭘."

잠시 침묵이 흘렀다. 이 부장은 무엇을 말해야 할지 난감했다. 그때 수화기 너머에서 아내의 목소리가 들렸다.

"정말 미안한데, 딱 300달러만 더 보내 주면 안돼?"

이 부장은 안도했다. 집사람이 전화한 이유가 있었다. 지난번 실적 덕에 보너스가 나올 예정이었으므로, 돈은 문제가 아니었다.

"그래. 계좌로 입금하면 되지?"

"이유는 안 물어봐?"

"당신 필요한 곳이 있으니까 달라고 하는 거 아니야, 안 그래?"

"그렇긴 한데, 근데 당신 돈은 있어? 뻔한 월급에."

"어떻게든 되겠지. 걱정하지 마."

변하지 않는 관계도 있구나. 아니, 엄밀히 말하면 아내와의 관계도 변했다. 이전까지 아내는 이해할 수 없는 남 같은 가족이자, 가족 같은 남이었다. 그러나 실은 그저 자신만큼이나 공허한 사람일 뿐이었다. 그 결핍을 돈이 채울 수 있다면 차라리 다행이었다.

"미안해."

"뭐가?"

"그냥, 여러모로. 캐나다에서 당신 혼자 고생하게 해서."

"정말 괜찮아?"

괜찮았다. 정말이지 이 부장의 인생에 있어서 오르가슴을 느낀 지금은 그 어느 때보다 괜찮았다.

"당연하지."

마지막 사람이 아네크라를 구입하고 떠나자, 탈모는 의외로 순순히 이 부장을 보내 줬다. 이 부장의 예상대로 이 무리들은 이 장사를 한 번으로 끝낼 생각이 아니었다. 따라서 무리할 이유는 없었다. 탈모가 이 부장에게 달라붙어 있었던 것도 장사를 하는 데 걸리적거리지 않도록 잠시 붙잡고 있었던 것일 뿐이었다. 다만 계단을 올라오는 내내 얼굴이 화끈거렸다.

지하에서 빠져나오자 해는 뉘엿뉘엿 지고 있었다. 주택가는 조용했고, 오가는 사람은 없었다. 그 붉게 물든 거리를 저린 다리로 걸어가며 이 부장은 조금쯤 서러운 생각이 들었다. 그가 원했던 것은 대단한 게 아니었다. 그저 어쩔 줄 모르는 마음을 의지할 간단한 조언이었다.

그동안의 삶은 어쨌든 확고한 것이었다. 그것이 설사 어떤 도구로써 이 부장을 소외시켰다 해도 이토록 불안하진 않았다. 아니, 엄밀히 말해서 의무에 치여 사는 삶이 꼭 불행한 것만은 아니었다. 적어도 아무 생각하지 않고 지낼 수 있었으니까. 그리고 나름의 즐거움도 있었다. 마치 몸을 옭죄는 듯, 빠듯한 일상은 분명 편집증적인 즐거움이 있었다. 어긋나지 않고 정리된 보도블록을 보거나, 틈 하나 없이 정리된 책꽂이를 볼 때 느껴지는 변태적이기까지 한 충만함을 이 부장은 분명 즐겼다. 그런데 이제는 그것으로 만족할 수 없게 되었다.

이해 가능한 세계의 풍경이 넓어지며 이 부장은 멀미를 느꼈다. 아직 정리되지 않은 것들이, 예정되지 않은 대로 움직이는 세상. 그것은 이 부장에게 두려움이었다. 그럼에도 그가 원했던 것은 확실한 약속이나 분명한 보장, 혹은 거창한 미래 같은 것이 아니었다. 그에게 보상은 오르가슴으로 충분했다. 다만 이 낯선 새로운 세계에서 어디로 가야 할지 방향만이라도 알고 싶었다. 그러니까 이 부장에겐 정석이 필요한 것이었다.

처음 수학을 배울 때도 그랬다. 이상한 기호들, 낯선 규칙들. 이 부장은 자신이 수학이란 과목을 전혀 이해할 수 없음을 깨달았다. 하지만 상관없었다. 그에겐 정석이 있었으니까. 이해할 수 없는 이론과 정리가 있다 해도 방법은 있었다. 그저 그 풀이 과정을 달달 외우고, 마지막으로 찢어서 꼭꼭 씹어 삼키면 되는 거니까. 이번에도 그에겐 그런 것이 필요했을 뿐이었다.

"씹어 먹을 더러운 새끼."

주택가 사이 골목을 거의 빠져나왔을 무렵, 대뜸 한 사내가 그의 앞을 막아섰다. 이 부장은 미간을 찌푸렸다. 이마에 여드름이 나 있는 갓 스무 살 남짓한 사내는 어디서 본 듯했지만, 정확히 어디서 봤는지는 기억나지 않았다.

"누구신지……."

하지만 채 말을 마칠 사이도 없이 그는 이 부장의 멱살을 움켜잡았다. 이 부장은 깜짝 놀랐다. 46년의 인생, 늘 옳은 일만 하고 살아온 것은 아니었다. 하지만 누군가에게 멱살을 잡힐 만한 일은 단 한 번도 해 본 적이 없었다.

"이 지옥불에 떨어질 악마의 자식!"

일단 욕부터가 전에는 들어 보지 못한 신선한 것이었다. 신선한 욕을 하는 여드름의 신선한 태도에 이 부장은 점점 더 당황스러웠다.

"이…… 이것 좀 놓고 말하시지."

눈을 치켜뜬, 이 부장보다 한 뼘쯤 커 보이는 깡마른 여드름은 멱살을 놓줄 생각이 없어 보였다. 유난히 노랗게 익은 왼쪽 눈썹 위 여드름이 이 부장의 눈에 들어왔다. 짜 주고 싶을 만큼 팽팽하게 농익은 여드름이었다. 그것을 보자 이 사내를 어디서 봤는지 기억이 났다. 여드름은 방금 전, 지하의 홀에 있을 때, 그의 대각선 앞자리에 앉아 있던 사내였다. 탈모가 앉으라고 했을 때 가장 먼저 앉은, 바로 그 청년이었다. 그를 처음 봤을 때도 저걸 짜 주고 싶다는 생각을 잠시 했었다. 이 부장은 여드름이 그 탈모 일당이 보낸 것은 아닌가 싶어 겁에 질렸다. 이곳에 나와 런치를 하면 그들과 여드름의 연관성을 주장할 수 없었으므로 판매에 지장 없게 이 부장을 혼내 줄 수 있는 것이다.

"뭔가…… 오해가 있는…… 모양인데……."

하지만 돌아온 답은 전혀 뜻밖의 것이었다.

"똥구멍으로 오입질하니까 좋냐? 이 게이 새끼야!"

이 부장은 말문이 막혔다. 어디서부터 설명해야 할지 감조차 잡을 수 없었다.

게이라니. 내가 게이라니.

억울했던 이 부장은 소설 첫 페이지로 돌아가 자신이 겪은 일을 보여 주며, 똥구멍으로 마사지한 건 전립선염 때문이며, 결과적으로 자위가 되긴 했지만, 오입질은 아니라 치료의 과정일 뿐이고, 무엇보다 자신은 이성애자라는 것을 설명하고 싶었다. 그러나 이 여드름 난 친구가 그 긴 이야기를 들어 줄 가능성은 없어 보였다. 이 부장은 그래서 보다 한국적이며 일반적인 답을 하기로 했다.

"어디서 대가리에 피도 안 마른 새끼가 어른한테 함부로……"

대답 대신 돌아온 것은 주먹이었다. 방심한 채로 왼쪽 입가에 주먹이 꽂히자 이빨이 입술에 박히며 입안이 터졌다. 불에 달군 듯한 통증과 함께 짭짤한 쇠 맛이 혀끝에 느껴졌다.

"어때? 하나님의 천벌이다! 이 더러운 게이 새끼."

이 부장은 설명하고 싶었다. 자신이 결코 게이가 아니며, 이렇게 새파란 젊은 놈에게 맞아야 할 이유는 더더욱 없다는 걸. 하지만 입안에 가득 찬 피 때문에 제대로 말할 수 없었다. 그래서 시멘트 바닥에 피를 뱉었다. 그리고 생각했다. 내가 어쩌다 여기까지 오게 된……. 하지만 여드름은 이 독백조차 기다려 주지 않고 두 번째 주먹을 날렸다. 이 부장은 그대로 바닥에 쓰러졌다. 그럼에도 여드름은 멈추지 않았다. 마치 흥분한 수캐처럼 바닥에 엎어져 있는 이 부장에게 발길질을 했다. 짜릿한 고통에 숨이 막힐 지경이었다. 맞을 때마다 감전과도 같은 통증이 사방에서 번쩍거렸다. 매번 몸뚱이가 지치지도 않고 아파하는 게 신기할 지경이었다. 얼마나 맞았는지 때렸던 여드름 쪽에서 먼저 지쳐 금방이라도 숨이 넘어갈 것처럼 가쁜 숨을 내쉬었다. 여드름은 바닥에 쓰러진 채 둥글게 몸을 말고 있는 이 부장의 멱살을 다시 잡아 일으켰다. 고통이 크리스마스트리의 전구처럼 사방에서 번쩍거렸다. 너무 아파 이 부장은 어딜 다쳤는지조차 짐작할 수 없었다. 마치 오르가슴 직전 그랬던 것처럼 몸 여기저기가 달뜬 듯이 욱신거렸던 것이다.

"너 같은 사탄의 자식들 때문에 동성애가 전염병처럼 번지는 거라고!"

사탄의 자식을 잡고 있는 여드름은 숨을 가다듬으며 이렇게 말했다. 거친 숨을 내뱉는 입은 반쯤 열려 있었고, 귀와 뺨은 붉게 상기되어 있었다. 이 부장을 노려보는 동공도 조금쯤 풀려 있는 것 같았다. 만약 모르는 사람이 봤다면 한차례 정사를 치른 사람처럼 보일 지경이었다. 이번에도 하고 싶은 말이 너무나 많았다.

동성애는 전염병이 아니며, 자신이 전파한 적도 없고, 무엇보다 자신은 동성애자가 아니며, 아까 지하에서 마지막에 나왔다고 그곳의 관계자는 더더욱 아니고, 당신이 아네크라를 사는 걸 봤지만 그걸 누군가에게 말할 생각은 절대 없으며, 어쨌거나 자신이 이곳에서 너에게 맞아야 할 이유는 없다고.

피치 못할 일련의 사건으로 이곳에 오게 됐지만, 어쨌든 자신과 동성애는 무관하다는 사연을 구구절절 이야기하고 싶었지만, 그렇게 긴 말을 하기엔 입안이 너무 아팠다. 입안이 엉망으로 찢어져 입술을 움찔거리는 것만으로 턱까지 먹먹한 아픔이 전해졌다. 그리하여 시적인 축약의 욕망이 거의 본능적으로 느껴졌다. 다만 이번에도 함부로 축약했다간 아까보다 더한 주먹질을 당할지 몰랐으므로, 나올 말과 함께 입안에 고인 피를 꿀꺽 삼켰다. 그 순간 무언가가 이 부장의 시야에 들어왔다. 갑자기 이 모든 상황을 총체적으로 바라볼 수 있게 되었다. 그리하여 이 부장은 입을 벌릴 때마다 얼굴 전체로 퍼지는 고통을 참으며 시적 영감으로 충만한 한 문장을 간신히 쥐어짜 낼 수 있었다.

"너 꼴렸지, 이 변태 새끼야. 바지에 텐트 쳤어."

"아니야! 그럴 리 없어!"

여드름은 이 부장을 벽으로 밀쳤다. 그러고는 믿을 수 없다는 표정으로 자신의 사타구니를 바라보았다. 하지만 성난 그것이 쉽게 가라앉을 리 없었다. 여드름은 자신의 분신이 흥분해 있다는 사실을 모르고 있었던 모양이었다. 마치 믿었던 부하에게 배신당한 장수의 표정으로 자신의 그곳을 바라보고 있었다. 이 부장은 고통을 꾹 참으며 다시 찢어진 입술로 두 번째 운을 띄웠다.

"흥분되냐? 이 새끼, 똥구멍에 아까 산 아네크라 꽂고 있는 거 아니야?"

"아니라고, 아니야!"

여드름은 이 부장의 뺨을 후려갈겼다. 고통으로 볼이 떨어져 나갈 것 같았지만 이 부장은 자신이 생각해도 더할 나위 없이 훌륭한 마지막 말을 그럴듯한 조소와 함께 내뱉었다.

"쌌지? 변태 새끼."

여드름은 믿을 수 없다는 표정으로 자신의 사타구니와 이 부장을 번갈아 보았다. 그리고 조심스럽게 자신의 바지 앞섶을 들춰 보았다. 여드름의 입 끝이 파르르 떨리기 시작하더니 갑자기 울음을 터뜨렸다. 팬티가 흘러나온 쿠퍼액으로 젖어 있던 것이다.

"아니야. 사탄의 수작에 속아 넘어간 거야! 사탄에게 내가 속은 거라고."

호러 영화의 퀸들이 지을 법한 표정으로 여드름은 겁에 질린 채 뒷걸음질 쳤다. 진심으로 이 부장이 사탄이라고 믿는 듯했다. 이 부장은 웃었다. 웃음은 마치 하이에나의 웃음소리처럼 캥캥댔다. 날숨을 쉴 때마다 가슴 전체가 먹먹하게 아파 왔던 탓에 제대로 웃을 수 없었던 것이다. 여드름은 비명 비슷한 것을 지르며 몸을 돌려 달아났다. 골목길 사이로 멀어지는 발자국 소리를 들으며 이 부장은 시멘트 바닥에 무너지듯 주저앉았다. 터진 입술 사이로 안도의 한숨이 흘러나왔다. 그리고 먹먹하던 통증이 덮치듯 밀려왔다. 동시에 의식은 썰물처럼 밀려가며 희미해졌다.

"아빠 왜 늘 바빠?"

"회사에서 할 일이 많아서."

"왜 일이 많은데?"

"아빠가 회사에서 꼭 필요한 사람이니까."

"아빠가 안 필요한 사람이었으면 좋겠다."

"왜?"

"그래야 나랑 놀 시간이 많을 거 아니야."

"음. 세상에는 꼭 필요한 사람과 필요 없는 사람이 있어. 필요한 사람은 다른 사람에게 도움이 되는 사람이고, 필요 없는 사람은 도움이 되질 않는 사람이지. 어떤 사람이 좋은 사람 같아?"

"남에게 도움 되는 사람요."

"그래. 그러니까 아빠도 필요한 사람이고, 도움이 되는 사람이지."

"그래야 좋은 사람?"

"응. 그러니까 너도 커서 꼭 그런 사람이 되어야 해."

아이가 몇 살 때였을까? 다섯 살? 여섯 살? 아이는 늘 회사에서 늦는 아빠를 기다리다 잠들곤 했다. 어느 일요일 아침, 아이는 눈곱도 떼지 않는 눈을 부비며 일요일에도 출근하는 이 부장에게 이렇게 물었더랬다.

이 부장은 가슴이 먹먹했다. 아이가 조숙하고 이기적으로 보일 정도로 세상에 대해 계산이 빠른 것은 자신 탓인지도 몰랐다. 그렇게 정석을 씹어 먹는 마음으로 매달려 성취할 삶이란 것이 지 아비처럼 10점 만점에 3.21 정도의 행복뿐일 것만 같아, 더더욱 가슴 아팠다.

통증 속에서 눈을 떴을 때 흰 천장이 보였다. 시선의 초점이 제대로 맞지 않았다. 두통과 함께 속이 울렁거렸다. 이 부장의 입에서는 저절로 신음소리가 흘러나왔다.

"괜찮으세요?"

고개를 돌리자 여의사가 보였다. 그리고 그 뒤로 정신없이 많은 사람들이 있는 응급실의 모습이 보였다.

"아니요."

입을 벌리자 찢어진 입이 아팠다. 하지만 처음 맞았을 때에 비하면 참을 만했다.

"어디가 어떻게 아프신데요?"

"머리가 아프고, 어지러워요. 숨을 쉴 때마다 가슴이 찌르는 것처럼 아프고……."

"그리고?"

"등부터 다리까지 온몸이 쑤시네요."

이 부장이 이야기하는 동안 여의사는 차트에 무언가를 열심히 받아 적었다.

"진통제랑 두통약은 바로 처방해 드릴게요. 다른 드시는 약 없죠?"

이 부장은 잠시 망설였다. 먹는 약이 적지 않았으니까. 서른 남짓의 여의사는 이지적인 느낌의 미인이었다. 병명을 듣게 된다면 그녀는 자신이 어떤 치료를 받는지 알게 될까? 생각만으로 이 부장은 부끄러웠다.

"그게…… 저…… 제가 전립선염이 있어서요. 오해하지 마세요. 3형입니다. 아시죠? 3형. 이상한 거 아니에요."

이렇게 변명하자니 원인이 없다는 건 자신이 늙었다는 소리 같아 그것 나름대로 처량했다. 하지만 여의사는 이 부장의 기분 따위는 상관없이 그저 무표정하게 차트에 받아 적을 뿐이었다.

"투약하시는 약 이름은……?"

"저도 약 이름은 잘 모릅니다."

"괜찮아요. 투약 정보는 컴퓨터에 돌리면 나오니까. 그러니까…… 성함은 기억나시죠?"

이 부장은 자신의 이름을 말했다.

"여기까지 어떻게 오게 됐는지 기억은 나세요?"

이 부장은 생각했다. 오늘은 왜 사람들이 쉽사리 답할 수 없는 질문들만을 던지는 걸까? 이 부장은 아주 간단하게 이 미녀 의사에게 '오르가슴 때문입니다.'라고 말하는 상상을 했다. 그러자 주책없이 아랫도리에 힘이 들어갔다. 추한 꼴을 보이지 않기 위해 이 부장은 다리를 꼬았다. 다리를 움직이자 허벅지와 골반까지 뻐근한 통증이 퍼졌다.

"기억 안 나세요?"

"여긴 어딥니까?"

"시립병원 응급실요. 어디까지 기억나세요?"

"길을 지나가다가 한 젊은이가 갑자기 때렸습니다. 이유는…… 모르겠고요. 그냥 다짜고짜 주먹질을 시작했습니다."

말을 길게 하자 터진 입안이 쓰렸다.

"기억하시면 됐어요. 자세한 진술은 모시고 온 경찰분에게 하시면 되니까. 다행히 기억상실은 없는 모양이네요. 그래도 모르니까 시티는 찍어 볼 겁니다. 혹시 머리에 뇌출혈이 있을지 모르니까."

"왜 숨 쉴 때마다 아픈 건가요?"

"늑골에 골절이 있습니다."

"깁스를 하는 건가요?"

"아니요. 그럴 필요는 없어요. 잠시 기다리시면 모시고 온 경찰분이 오실 겁니다. 그리고 시티 찍으러 가시면 되고요. 약은 투약 정보 확인해 보고 문제 없으면 바로 드릴게요."

여의사는 차트에서 눈을 떼지도 않은 채 이렇게 말했다. 차트에 내용을 다 적은 여의사는 그대로 이 부장이 누워 있는 침대 발치에 차트를 다시 꽂은 후, 몸을 돌려 다른 환자에게 가려 했다. 이 부장은 다급하게 외쳤다.

"잠깐만요. 제가 여기에 어떻게 오게 된 겁니까? 어떻게 된 거고 어떤 상태냐고요?"

여의사는 짧게 한숨을 쉬었다. 그러고는 1.5배 빠른 재생을 하는 카세트테이프처럼 말을 쏟아 냈다.

"잘은 모르지만 골목길을 지나가던 할머니가 112에 신고하셨고, 순찰차에 실려 이곳까지 오셨습니다. 모시고 온 경찰분이 지금 복도에서 기다리고 있습니다. 머리는 뇌진탕이 의심되고, 늑골이 골절됐습니다. 내출혈 소견은 없고, 아프신 다른 데는 타박상입니다. 그래도 상태를 지켜봐야 하니까 오늘은 일단 입원해 계세요."

말이 끝나기 무섭게 여의사는 휭 하고 떠나 버렸다. 이 부장은 여의사의 가운 아래로 보이는 맨다리에서 눈을 떼지 못했다. 그리고 애써 불편하게 꼬았던 다리를 풀었다. 긴 하루였다. 힘든 하루였다. 그런데 적어도 몸의 한 기관은 멀쩡하게 작동하고 있었다.

하지만 긴 하루는 아직 끝나지 않았다. 기다리고 있던 경찰에게 자신이 당한 일을 진술해야 했던 것이다. 경찰은 이 부장이 다짜고짜 20대 청년에게 이유를 알 수 없는 폭행을 당했다는 말을 좀처럼 믿지 않았다.

"그, 뭐냐 묻지마 폭행이라는 것도 있잖아요. 정말 그냥 골목길에서 튀어나와 절 때렸다니까요."

"그걸 믿으라고요? 이렇게 때린 건 뭔가 이유가 있어서라고요. 이렇게 심한 폭행은 일반적으로 증오 범죄라고요."

"아, 그냥 미친놈일지도 모르죠. 저한테 막, 사탄의 자식 어쩌구저쩌구 하더라고요. 진짜, 내가 갑자기 기습만 안 당했어도 한 방에 확 날려 버리는 건데."

경찰은 한심하다는 표정으로 되물었다.

"그럼 거기엔 왜 간 겁니까? 사시는 댁도 근처도 아니고, 직장도 전혀 다른 곳이고."

"그건…… 말해야 하나. 비밀인데."

"뭐가요?"

이 부장은 일단 생각할 시간을 벌었다. 절대 그곳에 간 이유가 드라이 오르가슴에 관한 오프라인 모임 때문이라고는 할 수 없었으니까. 물론 그냥 동호회 모임이 있었다고 말할 수도 있었다. 하지만 끈질기게 질문하는 경찰의 모습으로 미루어 동호회 모임의 정체에 대해서도 캐물을 게 틀림없었다.

"제가 실은 기러기 아빠거든요."

"네?"

"그래서."

"그래서?"

"에이, 아시면서."

"바람피우세요?"

이 부장은 뭐라고 변명하면 될지 깨달았다. 사람들은 자신이 듣고 싶은 답만 듣게 마련이었다. 그러므로 자신은 적당히 운만 띄워 주면 될 터였다.

"그게 무슨 소리예요. 바람이라니요. 그냥 건전한 친구 관곕니다. 그냥 여자 사람 친구라고요."

"아, 예. 그러시겠죠."

"진짜, 사람 이상하게 만드시네. 괜히 캐나다에 있는 아내가 오해할까 봐 그러는 거지 아무 관계 아니라니까요. 그 사람이 하도 질투가 심해서 제가 다른 여자랑 밥만 먹어도 막 화내고 그렇거든요."

"네에."

"결혼한 지 곧 20년이 다 돼 가는데 왜 그런지 모르겠어요.

정말."

"알겠습니다. 그럼 일단 진술하신 내용을 토대로 신고는 접수해 놓겠습니다."

경찰은 자리에서 일어났다.

"아니, 그렇게 가시면 제가 뭐가 됩니까. 진짜 그런 거 아니라니까요."

"네. 알겠다고요."

막 돌아서려던 경찰은 갑자기 멈춰 섰다. 그러고는 무언가가 떠오른 듯 미간을 찌푸렸다.

"혹시, 그 여자 사람 친구분이 결혼은 하셨는지요?"

이 부장은 아차 싶었고. 경찰이라면 당연히 치정 관계부터 의심할 터였다.

"에이, 무슨 소리예요."

"친구분이면 연배가 꽤 되실 텐데 미혼이시라고요?"

"네."

"그럼, 애인이나 만나는 다른 남자는 없고요?"

"어, 없죠. 네. 제가 아는 한은 없네요."

"40대 중반의 여자가 미혼에 애인도 없고, 혼자 지내는데 친구라고요?"

"그, 뭐냐. 신부, 아니 수녀님이에요. 그러니까 그렇죠."

"수녀님이요?"

"네. 걔가 고등학교 졸업하고였나, 바로 그 길로 갔죠. 그 뭐냐, 신의 길…… 진짜, 그냥 친구라니까."

"아니, 이런 경우에 치정 관련된 폭행일 경우가 많아서 여쭤 본 거예요. 괜히 오해하지 마시고요."

"제 말 안 들으셨어요? 못 믿으세요? 스무 살 남짓의 비쩍 마르고, 이마에 여드름 있고, 눈이 이렇게 처진 친구한테 맞았다니까. 걔가 저랑 무슨 치정 관계로 얽혀 있겠냐고요!"

"미안합니다. 수사를 잘하려다 보니까 그냥 형식적으로 묻는 겁니다. 이상하게 생각하는 거 아니에요. 그럼 몸조리 잘하시고 수사 진행 사항이 있는 대로 바로 연락드리겠습니다."

경찰은 업무용 미소를 지은 채 이렇게 말하고는 서둘러 가버렸다. 이 부장은 생각했다. 저렇게 꼬치꼬치 캐묻는 걸 보니, 저 친구도 욕구불만이 분명하다고. 이 부장은 경찰이 오르가슴을 경험해 보지 않았으리라 확신했다.

어쨌든 그렇게 혼자 되고 나서야 이 부장은 비로소 한숨을 돌릴 수 있었다. 그런데, 나온 한숨이 채 앞니 밖으로 빠져나오기도 전에 커튼 너머 옆 침대에서 이런 목소리가 들려왔다.

"뻥치시고 있네."

이 부장은 깜짝 놀라 커튼을 젖혔다. 커튼 너머에는 불콰하게 얼굴이 상기된 늙은 노숙자 하나가 누워 있었다. 얼마나 오랫동안 씻지 않았는지 독한 병원 소독약 냄새로도 악취를

덮을 수 없었다.

"무슨…… 말입니까?"

"선수끼리 왜 그래? 알면서."

"네?"

"수녀님은 개뿔. 그랬으면 처음부터 여자 사람 친구라고 안 하고 수녀라고 했겠지."

"선생님은 뉘신데 그런 말씀을……."

"혹시 천 원 있나?"

"네?"

"내가 소주 한 병 사 먹어야 되는데, 300원밖에 없어서."

이 부장은 지갑을 꺼냈다. 딱히 줘야 할 이유는 없었다. 하지만 누워 있는 이 노숙자의 말투에는 당연히 따라야 할 것 같이 느껴지는 너무 자연스러운 힘이 있었다.

"저기, 천 원짜리는 없는데요."

"하, 이 친구 보기보다 센스가 없네. 내가 고액권을 거절할 사람으로 보이나."

이 부장은 지갑에서 오천 원 권을 꺼냈다. 그러자 노숙자는 이 부장 손에 든 돈을 빼앗듯이 덥석 가져갔다.

"부끄러워할 필요 없어."

"네?"

"근대란 말이야, 대단한 게 아니라 딱 두 가지가 발전한 거

라고. 개인의 자유를 인정해 준 것과 개인의 욕망을 긍정해
주는 거. 그게 전부야."

"그게…… 무슨 소리죠?"

"아, 욕망을 추구하는 걸 부끄러워 할 필요 없어. 뭐, 잘난
학자들이 인간의 존엄성이니 뭐니 하는 소리가 대단한 이야
기가 아니야. 인간은 지 하고 싶은 대로 살고, 좆 꼴리는 대로
박을 권리가 있다는 거지."

"아, 그런 거 아니라니까요!"

"누가 뭐래? 내가 지금 뭐라고 하는 걸로 보이나?"

"그냥 다들…… 아무것도 모르면서 막말하는 게 그래서요.
도대체 뭐하시는 분이길래 그런 소릴 하세요."

"딱 보면 모르나. 그냥 예전에 먹물깨나 먹은 잘난 척하는
노숙자지. 그런 게 뭐가 중요해. 중요한 건, 그런 면에서 우리
나라는 전근대 사회라는 거야. 내가 소주를 먹고자 하는 단
순한 욕망을 인정해 주지 않는단 말이야. 까놓고 말해서 내가
여기서 딸을 치든, 소주를 마시든, 요로케 커튼 쳐 놓고 몰래
아무한테 피해만 안 주면 상관없는 거 아니냐고."

이 부장은 깨달았다. 이 양반이 누군지는 모르겠지만, 일종
의 업그레이드된 수염 같은 존재구나. 그에겐 어떤 통찰력이
있었고, 그럴듯하게 말도 했지만, 그 통찰력이 노리는 것은 이
부장의 지갑이었다. 그래도 수염보다는 한 가지 나은 면이 있

었다. 어쨌든 이야기를 나누고 나서 기분이 좋아졌던 것이다. 이 노숙자의 말에 따르면 적어도 드라이 오르가슴을 느끼는 일은 근대사회에 부합하는 행위인 셈이었다. 적어도, 근대의 관점에서 자신은 부도덕한 것도, 변태도 아니었다. 좋은 결론이었고, 기뻤다. 단지 한 가지 풀리지 않는 의문이 있었다. 그럼에도 불구하고 이 일이 쪽팔린 이유는 무엇일까? 시티실에서 머릿속을 촬영을 하는 내내 생각해 보았지만 답을 알 수 없었다.

응급실 병동은 결코 잠자기 좋은 곳은 아니었다. 쉴 새 없이 환자들이 몰려왔고, 새벽에는 주취자가 난동을 부리기도 했다. 두 번 경찰이 왔고, 앰뷸런스는 쉴 새 없이 들락거렸다. 미녀 의사는 교대했는지 더는 보이지 않았다. 그럼에도 이 부장은 기분이 좋았다. 진통제 덕분에 통증이 한결 견딜 만한 무언가로 변했던 것이다. 신기한 느낌이었다. 여전히 통증은 남아 있었고, 감각을 집중해 보면 여전히 어딘가 아팠다. 하지만 약을 먹기 전처럼 못 견디게 힘들지는 않았다. 한 시간쯤 눈을 붙이고 나자 현기증과 오심도 사라졌기에 이 부장은 수액을 끌고 걷기로 했다. 시티 결과를 가지고 찾아온 여의사의 말에 따르면 가능하면 걷는 게 부러진 갈비뼈가 붙는 데 가장 좋은 방법이라고 했다. 그래서 이 부장은 사람 하나 없는 새벽의 병원 복도를 걷기 시작했다.

외래환자로 북적였을 병원 홀은 불 꺼진 채 텅 비어 있었다. 밖으로 나가자 한낮 내내 미어터졌을 주차장도 한산했다. 병원 앞에 있는 공원 너머로 도심의 야경이 보였다. 오늘도 저 불빛 속에 얼마나 많은 사람들이 야근을 하고 있을까. 이 부장은 꽤 먼 곳까지 와 버린 기분이었다.

아내에게 전화가 온 것은 산책을 시작한 지 정확히 5분쯤 지나서였다. 아내의 목소리는 낮고 어두웠다.

"괜찮아?"

아내는 마치 이곳의 사정을 알고 있다는 듯, 대뜸 이렇게 물었다. 물론 아내가 이 부장의 사정을 알 리 없었다. 아직 회사에도, 다른 친구에게도, 병원 입원 사실을 알리지 않았던 것이다.

"무슨 소리야?"

"어디 아픈 건 아닌가 해서."

이 부장은 핸드폰을 든 채, 주위를 두리번거렸다. 그럴 리 없었지만, 아내가 사람을 사 자신을 감시하고 있는 건 아닐까 하는 생각이 잠깐 들었던 것이다. 주차장의 거의 반대편에 담배를 피우는 아저씨가 하나 있었고, 영안실로 가는 길목에 상복을 입은 여자 둘이 쪼그려 앉아 울고 있었다. 수상해 보이는 사람은 없었다.

"뜬금없이 그게 무슨 소리야?"

"아니, 하도 뒤숭숭한 꿈을 꿔서."

"사람, 실없긴. 무슨 꿈을 꿨는데."

"저기…… 그게…… 당신이 막, 피투성이가 된 꿈?"

이 부장은 등골이 오싹했다. 아내는 드디어 예지몽을 꾸게 된 것일까? 신이라도 내렸단 말인가?

"참…… 내가 왜 피투성이가 되는데. 멀쩡히 잘 지내고 있구먼."

"진짜?"

"그래. 무슨 이상한 개꿈 꾸고 전화해서 사람 놀라게 하긴."

"믿어도 되는 거지?"

"당연하지."

"그럼 화상 통화를 해도 되겠네?"

이 부장은 아차 싶었다. 그때 상복을 입은 여자가 떠올랐다.

"안 돼. 여기 상갓집이야."

"무슨 상갓집?"

"아, 거래처 사람이 사고로 죽어서 지금 시립병원 영안실에 와 있어."

"진짜?"

이 부장은 일부러 우는 여자들 근처로 걸어갔다.

"그래. 지금 통화하려고 일부러 장례식장 입구로 나온 거란 말이야. 다른 직원들 다 안에 있어서 들어가 봐야 해."

"정말 아무 일 없는 거지."

"그래. 사람, 가만히 보면 싱거운 구석이 있다니까. 할 말없으면 전화 끊어."

"고마워."

"응?"

"지난번 보내 준 500달러랑, 이번 300달러. 고맙다고."

"새삼스럽게."

"월급쟁이 월급 뻔한데 그 돈 보내느라 당신 고생했을 거아니야."

"걱정 마, 이번 분기 실적이 좋아서, 성과급이 꽤 괜찮게 나왔어. 그러니 고생한 거 없어."

"그래도 당신이 일해서 번 돈인데."

"사람이 오래 살고 볼 일이네. 당신한테 이런 소리도 다 들어 보고."

"그런가?"

"그래. 뭐 어쨌든 고맙다니 고맙네."

아내의 이 과한 친절과 관심을 어떻게 받아들여야 하는 것

일까? 이 부장은 예전에 언뜻 티브이에서 본 부부 상담 프로
그램이 떠올랐다. 바람의 징후로 갑작스러운 관심이나 친절이
1순위에 있었다. 아내가 옆집에 산다는 존슨과 바람을 피우
는 것은 아닐까? 이 부장은 수화기 너머로 들리는 잠음에 귀
를 기울였다. 공간이 지닌 소리에서 다른 이의 존재를 찾아보
려 했다. 눈을 감으면 무음으로 이뤄진 한 남자의 존재를 상
상할 수 있었지만, 망상일 뿐이라는 걸 이 부장이 더 잘 알고
있었다. 아내가 행복하다면, 그리고 오르가슴을 느낄 수 있게
된다면, 바람을 피워도 괜찮을 거라 믿었던 지난번의 생각은
그저 찰나의 호기였던 것일까?

"애는 어때?"

"안 그래도 아빠랑 통화 좀 해 보라고 하는데, 요즘 기말이
라 정신없어."

알 수 있을 것 같았다. 이 아이가 내 핏줄이구나, 하는 생
각이 가장 분명하게 들었던 때는 어이없게도 시험 기간에 공
부하는 딸의 뒷모습을 보았을 때였다. 마치 책 속으로 들어
갈 것처럼 문제집에 코를 박고, 한 단어, 단어들을 씹어 먹을
듯한 기세로 형광펜을 그어 가며 책을 읽고 있는 아이의 모
습은 예전 벼락치기 시험공부를 하던 이 부장의 모습과 베
낀 듯 닮아 있었다. 이해할 수 없는 부분을 통째로 암기하는
무식한 공부 방식조차 자신과 똑같았다. 저렇게 공부를 해도

자신 정도…… 아니, 이 부장도 알고 있었다. 냉정하게 말하면 자신의 처지보다 못할 터였다. 자신처럼 공부해서는 지금 다니는 회사에 정직원으로 채용될 수 없었다. 모르긴 해도 비정규직으로 적당히 쓰이다 버려질 터였다. 그래서 아이의 캐나다행에 큰 반대를 하지 못했다. 오린쥐가 됐든 오렌지가 됐든, 새로운 세상이 다른 가능성을 줄지도 모른다는 가냘픈 희망에라도 아이의 미래를 걸어 볼 수밖에 없었던 것이다.

"이제 들어가 봐야지. 안에서 같이 온 직원들이 기다리고 있어."

"정말 괜찮은 거지?"

이쯤 되자 이 부장은 어떤 확신이 생겼다. 분명 아내에게 무슨 일이 있구나. 그것이 바람인지, 아니면 어떤 신내림인지, 이곳에선 알 수 없지만 말이다.

"당신도 애만 보지 말고 좀 즐겁게 살아."

"쓸데없이 말 돌리지 말고 괜찮냐고."

이 부장은 가슴 아팠다. 진통제의 약기운이 떨어진 것뿐이라고 애써 생각했지만, 그 통증은 늑골보다 깊은 그의 중심에서 울려오는 것이었다. 핸드폰에서 들려오는 목소리가 태평양 너머에서 건너오는 것이라 생각하자 끝내 스타브론정으로도 막을 수 없는 눈물이 찔끔 흘러나왔다. 이 부장은 눈가를 훔쳤다.

"좋아. 정말 좋아. 이보다 더 좋을 수 없을 정도로."

그랬다. 누군가 자신을 걱정해 주는 일이 이토록 애달픈 일이라는 걸, 이 부장은 마흔여섯이 되어서야 처음 알았다. 물론 그것이 거짓이거나, 말뿐인 인사치레인지도 몰랐지만, 그렇다 해도 가슴이 뭉클했다.

회사에는 교통사고라고 설명했다. 찢어진 입은 에어백이 제대로 터지지 않은 탓이었다. 덕분에 갈비에 금이 갔고, 멍도 들었다고 말했다. 어쩌다 터지지 않은 거냐고 걱정스레 묻는 정 과장에게 이 부장은 짧게 답했다.

충돌각!

직원들의 화제는 자연스럽게 결국 외제 차를 사야 한다는 내용으로 옮아갔다. 병원에서 검사한 경과는 나쁘지 않았고 하루 만에 퇴원해 다시 출근을 했다. 교통사고로 다친 것이든, 맞아 다친 것이든 일은 기다려 주지 않았으니까. 물론, 그가 없어도 회사는 돌아갔고, 일은 굴러갔다. 하지만 부장 정도가 되면 누구나 알고 있었다. 그것이 정말 두려운 일이라는 걸. 자신이 없어도 회사는 아무 상관이 없다. 그것을 인정하면 그동안의 헌신이 다 무엇이었나 싶었다. 그러나 이런 허무함도 그의 부하 직원들이 이 부장 역시 대체 가능한 무언가라는 것을 깨닫는 것에 비하면 사소한 일이었다. 그렇게 되면 회사 내 이 부장의 입지가 흔들리는 것은 순식간이었다. 물색 모르는 사람들은 엉망인 이 부장의 얼굴을 보며 애사심을 칭찬했고, 사정 뻔히 아는 사람들은 복잡한 마음으로 혀를 찼다. 그렇게, 늘 먹는 한 보따리의 약에 진통제를 더해 이 부장은 일상으로 돌아왔다.

진통제를 먹으면 좀 괜찮고, 약효가 떨어지면 괴로웠다. 이 부장은 변함없이 회사에 출근하고, 결재를 해야 했으며, 전략 기획 회의에 들어가 회의적인 회의를 진행해야 했다. 프레젠테이션이 끝나면 이사실에 불려 가 부사장의 주장이 얼마나 불확실하고 불안한 것인가에 대해 맞장구를 쳐 줘야 했으며, 돌아오면 쌓여 있는 결재 서류들을 처리해야 했다. 부서 내에서는 모처럼의 기록적인 실적 덕분에 진급될 거라 믿는 과장 두 놈이 서로 못 잡아먹어 안달이었고, 덩달아 아랫것들도 영역 싸움하는 들개들 같았다. 이 부장은 평소와 다름없이 그런 산적한 문제들을 하나하나 처리해 갔다. 시간을 들이고 품을 팔아야 했지만, 어렵진 않았다. 기본적으로는 부장 진급 이후 쭉 해 오던 익숙한 일이었으니까. 이 부장을 진짜 견딜 수 없게 했던 것은 부러진 갈비뼈의 통증이었다. 통증 자체는 진통제를 먹으면 못 참을 정도도 아니었고, 무리하지 않는 한 일상생활을 하는 데 아무 지장이 없었다. 그러나 결정적인 순간 그의 발목을 붙잡았다.

어떤 자세로 아네로스를 사용해 보아도 가슴이 아팠다. 이게 심각할 정도로 괴로운 고통은 또 아니었다. 하지만 드라이 오르가슴으로 떠나는 여행은 아직 초심자인 이 부장에게는 고도의 집중력을 요하는 일이었고, 해서 자세를 잡을 때마다 찾아오는 가슴을 찌르는 아픔은 결정적인 순간 산통을 깼다. 물론 아기처럼 웅크린 채 아주 조심스럽게 아네로스를 사용하면 전립선액 정도는 뽑아낼 수 있었다. 그러나 이 정도로는 막 고기 맛을 배운 사람에게 두부전을 구워 주는 격이었다. 그렇게 오르가슴을 향한 욕구가 그의 안에서 끓어올랐다. 이 부장은 일주일쯤 변을 보지 못한 사람인 양, 미간에 주름을 잡은 채 욕구불만 속에서 매일매일을 보냈다.

"어때, 요즘은 좀 괜찮은 모양이야?"

욕구불만이 나날이 최악으로 치달아 가고 있을 때, 이사가 밝은 얼굴로 물었다. 때마침 숫자가 틀린 보고서를 올린 박 대리를 신나게 깨고 있을 때였다.

"네?"

"아니, 전처럼 다시 회사 일에 집중하는 게 보여서. 좋아. 아주."

이사는 흐뭇한 미소를 지었다. 이 부장은 아차 싶었다. 자신이 다시 욕구불만으로 가득한 세계로 돌아와 있음을 깨달왔던 것이다. 고작 아랫것들에게 알량한 권력이나 휘두르며 희희낙락하는 이전의 삶으로 돌아왔던 것이다.

그날 밤 이 부장은 모처럼 홀로 술을 마셨다. 탁자 위에 희고 순결한 아네로스를 꺼내 놓고 기억나지 않은 누군가에게 선물받은 위스키 병을 땄다. 목을 타고 전해지는 크레졸 향에 몸을 부르르 떨며 오르가슴이 그를 얼마나 인간답게 만들었는지 새삼 깨달았다. 이 부장은 생각했다. 갈비뼈는 시간이 지나면 붙게 마련이고 아네로스는 다시 쓰면 그만이야. 그러니 시간이 지나면 모두 괜찮아질 거야. 물론 별다른 일이 없는 한 그렇게 될 것이었다. 그러나 그가 모르는 세계에서는 동시에 다른 많은 일이 벌어지고 있었다. 그러므로 모든 계획이 계획대로 될 턱이 없었다.

시너지를 내라

경찰서에서 전화가 온 것은 병원에 갈비뼈가 제대로 붙었다는 진단을 받고 돌아온 날이었다. 실은 들떠 있었다. 모처럼 아네로스를 사용할 수 있겠구나. 이 부장은 벌써부터 가슴이 두근거렸다. 물론 통증은 이미 지난주부터 느껴지지 않았다. 하지만 재채기 한 번에 치료받던 늑골이 다시 부러진

적이 있다는 박 대리의 이야기를 듣고 이 부장은 조신하게 한 주를 꾹 참았다. 일찍 병원에 간다고 회사를 나와서 진단을 확인하고 기쁜 마음으로 편의점에 들러 콘돔을 샀을 때, 전화가 왔다.

자신을 폭행했던 여드름이 잡혔다는 소식이었다. 이 부장은 오히려 당황했다. 경찰에게 했던 거짓 진술이 떠올랐던 것이다. 아니, 어쩌면 그날 자신이 어디에 무얼 하러 갔는지 아는 사람이 나타난 것이 더 당황스러웠는지도 몰랐다.

"어쩌다, 잡힌 겁니까?"

"네? 어쩌다 잡힌 거라니요?"

"아니, 어떻게 잡으셨냐고요."

"아, 또 다른 폭행 사건으로 현장에서 입건됐는데, 마침 말씀하신 인상착의랑 유사해서 여죄를 추궁했더니 자백했습니다."

"그렇군요."

"별로 안 기쁘신가 봐요?"

"아니요. 그럴 리가요. 그냥, ……못 잡을 줄 알았거든요."

이 부장은 알고 싶었다. 여드름은 어디까지 진술한 것일까? 그리고 경찰은 어디까지 자신에 대해 알고 있는 것일까? 별로 안 기쁘냐는 저 말은 어떤 빈정거림일까? 의심일까? 혹은 조롱일까? 전화로 알 수 있는 것은 없었다.

"아, 이새끼가 알고 보니까 상습 폭행범인 모양이에요. 그때 진술하신 것처럼 정신이 쪼금 이상한 것도 같고. 어쨌건 시간이 되면 서에 오셔서 이 친구가 때린 그 친구가 맞나 확인하고 진술 좀 해 주셔야겠는데요."

"네. 가야죠."

"지금 오실 수 있습니까?"

"당연하죠."

당연히 가고 싶지 않았다. 그러나 이 부장은 반드시 알아야 했다. 여드름이 경찰에게 무엇을 어디까지 진술했는지. 단순히 호기심이나, 지적 열망이 불타오른 것은 아니었다. 수사 중 자신의 비밀을 알게 됐다 해도 경찰이 그것을 퍼트리지 않으리라는 것 정도는 이 부장도 알고 있었다. 그날 수녀인 친구를 만났다는 거짓 진술로 처벌받을 리도 없었다. 이 부장이 걱정했던 진짜 문제는 바로 보험이었다.

폭행당한 치료비를 상해 보험으로 처리했다. 그 보험사는 이 부장이 다니는 대기업 산하에 있는 계열사였다. 애사심을 표현하는 발로에서 대리 무렵 자신의 회사 계열사에 종신보험과 상해보험을 가입했다. 나중에 알게 된 것이었지만, 그 보험사에 대해 직원들 사이에서 도는 흉흉한 소문이 있었다. 계열사 보험사에서 사고가 있을 경우 조사원을 파견해 그 내역을 내사하고, 인사과에 통보해 진급에 반영한다는 풍문이었다. 보험사뿐 아니라, 카드사에서 쓴 카드 사용 내역, 교통 카드의 이동 기록까지 필요하면 모두 인사과에서 참고 자료로 사용할 수 있다는 이야기가 돌았다. 그리고 실제로 회사에서 찍힌 직원을 이런 내부 자료로 관리해 왔다는 내용이 뉴스에서 나온 적도 있었다.

만에 하나 소문이 사실이라면, 진술서의 단어 하나, 문구 하나 때문에 직장 생활에 차질이 생길 수도 있었다. 아네로스라는 단어가 인사 서류에 남았을 때 그것이 미칠 영향은 이 부장이 무엇을 상상하건 그 이상일 터였다.

경찰서에 가기 전 이 부장은 나름 상상을 했다. 할리우드 영화에 보면 용의자들이 방에 순서대로 앉아 있고 그 뒤의 투명 거울에 서서 용의자들을 둘러보는 그런 것을 하게 될 거라고.

그러나 이 부장이 처음 가 본 경찰서는 그런 상상과는 전혀 다른 곳이었다. 여드름을 마주한 것은 형사과 폭력팀 사무실에서였다. 철제 끄트머리에 놓인 접이식 의자에 앉은 여드름은 고개를 푹 숙인 채 진술서를 쓰고 있었다.

"아니, 피해자 보호를 위해 무슨 유리방에서 막 증언하고 그래야 하는 거 아니에요?"

그러자 경찰은 피식 웃었다.

"아니, 폭행 사건이면 어차피 합의해야 할 텐데, 합의 안 하실 거예요?"

"그런 것도 해야 하나요?"

"폭행 사건이 어떻게 처리되는지 모르세요?"

"네. 살아오면서 경찰서에 와 보는 게 이번이 처음이라."

"폭행은 일단 형사사건이긴 한데, 반의사불벌죄에 해당하거든요."

"반의사 뭐요?"

"그러니까 선생님이 이 녀석 처벌을 적극적으로 원하지 않는다, 라는 의사를 밝히면 처벌을 안 받는 죄라고요."

"아, 예."

"그러니까 보통은 합의를 하거나 공탁 같은 걸 하게 되면 검찰에 가서 불기소처분을 하게 되는 건데, 어차피 초범이라 재판에 가도 실형이 나오진 않을 테고, 미성년자고 하니까 웬만하면 합의해 주세요. 곧 애 부모님도 여기로 오신다고 했거든요."

"미성년자라고요?"

"네. 고 2? 고 3이었나?"

경찰은 고개를 숙이고 있는 여드름의 뒤통수를 때렸다.

"야, 꼴통. 너 고 3이라고 했냐?"

"고 2요."

겁에 질린 얼굴로 앉아 있는 여드름의 이마에 있던 노랗게 익은 화농은 짜 버렸는지 저절로 터졌는지 보이지 않았다. 대신 코에 새로운 여드름이 노랗게 익어 가고 있었다. 때문에 이 부장은 이 아이가 오늘 처음 본 사람인 양 낯설게 느껴졌다.

"하여간 요즘은 애새끼들이 제일 무섭다니까요."

이 부장은 자신을 때린 사내가 캐나다에 있는 아이와 채 다섯 살 차이도 나지 않는다는 사실이 믿어지지 않았다. 하지만 돌이켜 보면 체조가 자신의 성기를 입에 문 것도 딱 그 나이 때였다.

"그러게요."

이 부장은 어색하게 웃는 수밖에 없었다. 경찰은 여드름이 이곳에 입건된 경위를 간단하게 설명해 주었다. 자세한 것은 알 수 없었지만 또래 친구를 폭행하다 신고를 받은 경찰에게 현장에서 체포되었다고 했다. 맞은 피해자는 이 부장처럼 응급실에 실려 갔으며 참고인의 조사가 끝나고 진술서를 받는 중이었다. 하지만 이 부장이 정말 알고 싶었던 것은 알 수 없었다. 경찰의 표정에서도, 여드름의 얼굴에서도 아네크라에 대한 어떤 진술이 오갔는지 도무지 짐작할 수 없었다. 경찰은 피곤함에 찌들어 특유의 무표정한 얼굴로 앉아 있었고, 여드름은 잔뜩 겁에 질린 채 얼어 있었다. 10대였고, 경찰서에서 처음 진술서를 쓰는 것이 당연히 두려운 일이리라. 그러나 여드름의 모습에는 비정상적인 구석이 있었다. 고개를 숙인 채 말도 제대로 하지 못하는 탓에 경찰이 몇 번이나 같은 질문을 계속해야 했던 것이다. 이 부장은 알고 싶었다. 도대체 저렇게 겁먹은 이유는 무엇일까? 그런 생각을 하고 있을 때 답이 등장했다.

"아이고, 우리 새끼!"

닭똥 같은 진주 귀고리를 한 아주머니는 형사과 사무실 문을 열기가 무섭게, 득음한 홍성으로 이렇게 타령을 시작했다. 대학 시절, 사물놀이패에 있던 남도 출신 여학우 이후로 실로 오랜만에 듣는 명창이었다. 한 번의 외침으로 사무실에 있는 모든 사람의 시선을 단숨에 빼앗았던 것이다.

"아이고, 내 새끼, 아이고 이게 무슨 일이래? 아이고!"

춘향가를 불렀으면 좋았을 톤으로 타령을 쏟아 내며 빠른 경보로 곧장 사무실로 들어온 진주 귀고리는 들어오자마자 악수를 청하는 경찰을 제치고 곧장 여드름에게 다가가 의자에서 일으켜 세웠다. 물의 흐름처럼 너무나 자연스러운 행동이었기에 아무도 그녀를 제지할 생각을 하지 못했다. 진주 귀고리는 여드름을 한 바퀴 돌리며 다친 곳은 없는지 구석구석 살폈다.

"어떻게, 이런 일이 있다니! 어쩜 이런 일이 있을까? 어디 다친 데는 없나? 내 새끼, 어디 아픈 데는 없어?"

여드름은 꼭 이 부장이 처음 전립선 마사지를 받았을 때 지었을 것 같은 표정을 하고 있었다. 붉게 상기된 여드름의 귓불을 보며 이 부장은 마음이 복잡해졌다.

"어머님, 그러지 마시고 여기 앉으셔서……."

경찰이 다가가 일단 의자에 앉히려 했지만 진주 귀고리는 경찰 따위는 보이지도 않는 듯 무시했다. 여드름의 양손을 잡은 진주 귀고리는 곧바로 바닥에 무릎을 꿇었다.

"그래. 안 다쳤으니 됐다. 이게 다 주님의 은총이야. 우리 기도하자. 하나님께 감사 기도를 올려야지!"

여드름은 쭈뼛거리며 주변을 둘러보았다. 당연히 폭행팀뿐 아니라 형사과에 있던 모든 사람들, 경정, 경감, 경위, 경사, 경장, 순경을 비롯해 의경, 피의자, 절도범, 강도, 소매치기와 주취 난동자, 그리고 이 부장 같은 피해자나 그들의 가족, 보호자까지 모두 두 사람을 바라보고 있었다.

"뭐해? 어서 앉아!"

진주 귀고리의 채근에 여드름은 마지못해 그녀와 마주 보며 무릎을 꿇고 앉았다.

"하늘에 계신 우리 아버지 이 죄인 이렇게 이 자리에 무릎 꿇고 기도합니다. 주여, 오늘 이 자리에 우리 아이, 이렇게 경찰서에 와 있습니다. 주님의 말씀 아래 가슴으로 훈육해 키운 주님의 자녀입니다. 그러나 사탄이 준동하여 불쌍한 우리 아이를 시험에 들게 했사옵나이다! 주여, 이 사탄의 시험을 이겨 내게 해 주시옵소서! 주님의 은총 아래 극복하게 해 주시옵소서! 이 죄인 간절하게 갈구하나이다. 그리고 이 모든 흉사와 소송에도 불구하고 우리 아이, 터럭 하나 다치지 않은 것은 다 주님의 은혜와 은총 덕분입니다. 사망의 골짜기를 지나가도 지켜 주신다고 약속해 주신 주여. 부디 이 어린양을 보살펴 주시옵소서. 그리하여 이 죄의 골짜기에서 무사히 빠져나오도록 보살펴 주시옵소서. 이 죄인 간절히 기도드리옵나이다. 주께서 우리 아이 지켜 주실 것을 제가 믿사오니 이렇게 미리 감사의 기도를 드립니다. 주 예수 그리스도의 이름으로 간절히 기도드리옵나이다! 아멘!"

이 부장은 차마 입을 다물지 못했다. 여드름이 두려워하던 것의 정체가 무엇이었는지, 비로소 깨달았다. 자신이 걱정하던 것들이 얼마나 사소한 것이었나. 저 아이는 이제 고2였다. 여드름에게 남아 있던 분노가 눈 녹듯 사라졌다.

진주 귀고리는 일어날 듯 움찔하다가 다시 여드름을 끓어앉혔다. 주기도문을 드리고 나서야 진주 귀고리는 여드름의 손을 놓았고, 잡혔던 손 모양으로 하얗게 질려 있던 여드름의 손에도 혈색이 돌았다. 기다리고 있던 경찰은 그제야 간신히 통성명을 할 수 있었다. 경찰은 두 사람을 의자에 앉혔다. 그

리고 진주 귀고리에게 차근차근 사건의 경위를 설명했다. 굳
게 입을 닫은 진주 귀고리는 아무 말도 하지 않았다. 여드름
에게 맞은 아이가 응급실에 실려 갔다는 대목에 이르러서야
비로소 입을 뗐다.

"그게 말도 안 된다는 겁니다!"

"네?"

"우리 아이가 다른 사람을 때릴 리가 없습니다."

"아니, 목격자도 있고, 본인 진술도 일치하고 있어요."

"피해자의 진술은 들어 보지 않았잖아요."

"그 아이 의식이 돌아오면 병원으로 제가 갈 겁니다. 이미
쓰러진 아이의 머리를 아드님이 걷어찼다더군요."

경찰은 폭행 중인 여드름을 목격한 아이의 진술서를 힐끗
보며 이렇게 말했다.

"그럴 리 없어요. 제가 우리 애를 그렇게 키우지 않았어
요!"

"아줌마가 얘를 어떻게 키웠는지는 관심이 없고, 어쨌건 얘
가 다른 사람을 때렸다고요."

"그랬다면, 이유 없이 그랬을 리 없죠. 어디 한번 말해 봐.
엄마가 왔잖아. 엄마가 왔으니까 사실대로 말해 보라고. 니가
정말 그런 거야? 그랬다면 왜 그런 건데? 엄마한테 말해 봐."

진주 귀고리는 여드름의 손을 잡고 흔들었다. 여드름은 고

개를 들지 못했다. 보고 있는 이 부장의 가슴이 답답해질 지경이었다. 왜 아이가 답을 못하는지 형사과 사무실에 있는 모든 사람들이 알고 있었는데도 진주 귀고리는 여드름에게 되묻고 있었다.

"정 믿어지지 않으면 변호사 고용하셔서, 재판으로 가도 되고요. 솔직히 저희 입장에서는 빨리 검찰에 송치시켜 버리면 되니까요. 근데 재판에 가서 아드님이 진술서 내용을 부정하고, 다른 진술을 한다고 해도 바뀌는 건 없을 겁니다. 증인이나 증언은 얼마든지 있으니까요. 학교 화장실에서 많은 애들이 목격하는 와중에 폭행을 가했거든요. 그러니까 그냥 잘못을 인정하시고 합의 보세요. 그래야 검찰에 넘어가서도 좋게좋게 마무리되죠."

"아니, 누굴 때렸으면 이유가 있을 거 아니에요! 이유가 뭔데요?"

"그거야 저도 모르죠. 저한테 묻지 마시고 아드님께 여쭤보시죠. 저도 답답해요. 진술서 작성을 끝내야 저도 퇴근하는데 이 자식 때문에 집에도 못 가고 있잖아요."

끝내 경찰이 언성을 높였다. 그러자 진주 귀고리는 여드름의 손을 잡았다.

"정말 그랬니? 엄마한테 말해 봐. 괜찮으니까 엄마한테 말해 보라고. 엄마가 다 해결해 줄 테니까 속 시원히 말해 봐."

"그게……."

"말해 봐. 엄마 믿지? 엄마가 알아서 해 준다니까."

"그 자식이 나한테 변태 새끼라고 했어."

진주 귀고리는 책상에 손바닥을 딱 내리쳤다.

"거 봐요. 다 이유가 있어서 그런 거라니까."

경찰은 한숨을 푹 내쉬었다.

"아니, 아무리 변태라고 그랬다고 해도 맞은 애가 의식을 잃었어요. 그게 말이 된다고 생각해요? 그 애만 그런 게 아니라 저 신사분은 이유 없이 골목길을 지나가다가 아드님한테 맞았다고요. 전치 4주? 그 정도 나오셨죠?"

"6주요."

진주 귀고리와 여드름의 시선이 순간 경찰이 가리키는 저 신사분에게 향했다. 이 부장은 보험이고 나발이고 그저 집에 가고 싶었다. 그런 마음을 아는지 모르는지 진주 귀고리는 마치 호러 영화의 캐릭터처럼 이 부장을 향해 곧장 머리를 디밀었다.

"당신! 우리 애가 그랬다는 증거가 있어?"

대뜸 튀어나온 반말에 이 부장은 말문이 막혔다. 사실 자신의 증언 외에는 여드름이 했다는 증거는 아무것도 없었다. 그러나 그것이 이 부장에게 꼭 나쁜 것은 아닐지도 몰랐다. 사실 범인이 잡히지 않아도 치료비는 약간의 본인부담금 빼

고는 건강보험료가 나왔다. 가해자가 없다는 이유로 상해보험
에서 지급받는 금액 역시 줄어들긴 하겠지만, 이 돈을 못 받
아 죽고 못 살 것도 아니었다. 여드름에게 화가 나서 무언가
응징하고 싶다는 감정을 제외하고는 굳이 이 문제를 놓고 다
툴 이유는 없었다. 하지만 여드름의 엄마라는 사람을 보니 이
미 충분한 벌을 받고 있는 것 같았다. 이 부장은 너무 맞아서
정확히 기억나지 않는다고 진술하는 것으로 이 끔찍한 상황
에서 빠져나오기로 결심했다. 그러나 이 부장보다 경찰이 한
발 빨랐다.

"하, 경찰을 우습게 보는 겁니까? 다들 그런 식으로 우기
죠. 그럴 줄 알고 당일 아드님의 교통카드 기록도 확인했습
니다."

이 부장은 울고 싶었다. 보통 영화 같은 걸 보면 경찰은 귀
찮아서 제대로 조사를 하지 않아야 정상인데, 저 양반은 뭐
가 저리 꼼꼼한 것인지 원망스러웠다.

"거기에 갔다고 우리 애가 저 사람을 때렸다는 증거가 됩
니까?"

"아직 시시티브이를 확인할 시간이 없어서 보지 못했지만,
검찰에 넘어가면 저 신사분이 폭행당한 채로 발견된 지하철
출구 쪽 시시티브이 영상부터 관련 증거는 셀 수 없이 많이
나올 겁니다. 아시잖아요. 요새 어딜 가나 블랙박스랑 카메라

다 있는 거. 그 정도 증거가 확보되면 합의를 하시든 안 하시
든 검사님이 기소할 겁니다."

"그 영상이란 걸 직접 내 눈으로 보기 전엔 절대 못 믿어!"

"아니, 얘가 때린 게 아니면 학교도 아니고, 집도 아닌 그곳
에 얘가 왜 간 겁니까?"

진주 귀고리는 여드름을 바라보았다.

"그래, 거기엔 왜 갔어? 엄마한테 말해 봐."

여드름은 고개를 들어 이 부장에게 처량한 눈빛을 보냈다.
여드름이 왜 저런 눈빛을 자신에게 보내는지 이 부장은 이해
할 수 없었다. 다만 경찰에게 조사를 받을 때 자신도 저런 표
정을 지었던 것은 아닐까 싶어 가슴이 철렁했다. 그러나 그가
할 수 있는 일은 없었다. 이 부장은 자신도 모르게 지그시 눈
을 감았다. 여드름이 어떤 대답을 할지 알고 있었으니까. 결국
엄마의 기세에 주눅 든 여드름은 모든 것을 술술 털어놓으리
라. 여드름은 게이들을 응징하기 위해 아네로스 사용자들의
오프라인 모임에 잠입해 들어갔으며, 그곳에서 가장 마지막
에 나온 이 부장을 폭행했다고 말할 터였다. 그렇게 이 부장
의 경력도 박살 나리라.

"그게……."

"그게?"

"악을 응징하러 갔습니다."

"악을?"

경찰과 진주 귀고리가 약속이라도 한 것처럼 이 부장을 바라보았다.

"엄마가 자위를 하면 사탄이라고 했거든요."

"그렇지!"

"네?"

경찰이 믿어지지 않는다는 표정으로 진주 귀고리를 바라보았다. 진주 귀고리는 왜 그런 표정으로 보냐는 듯이 경찰을 쏘아보며 말했다.

"당연한 거 아닙니까. 자위는 악마가 유혹해서 하는 거라고요. 그런 짓을 하는 놈들은 다 지옥불에 떨어질 겁니다."

"그럼 얘 또래 남자 애들은 99.9퍼센트가 지옥에 갈 겁니다."

"우리 애는 안 가는 0.01퍼센트예요."

"아니, 그게 정상이고 그게 건강한 거라고요."

"말도 안 되는 소리 하지 마세요."

"아니, 무슨 성교육 프로그램이나 책 아무거나 하나만 보세요. 자위에 대해 뭐라고 나오나."

"그게 전부 다 사탄의 속임수예요. 딸딸이를 치면, 자제심이 없는 저 또래 애들은 중독이 된다고요. 그게 얼마나 위험한 줄 아세요? 마약중독이나 마찬가지라고요. 왜 음란한 문화, 타락한 방송이 나오는 말세 같은 세상이 되는 줄 아세요? 왜 밤길에 여성에게 성범죄가 생기는 줄 아세요? 다 음란물을 보고, 자위하고, 그런 애들이 자라서 어른이 되니까 그렇게 되는 거라고요. 이게 다 사탄이 역사하는 거고, 사탄의 유혹이라는 겁니다."

"아니, 자위에 무슨 사탄씩이나……."

하지만 경찰의 말에도 아랑곳하지 않고, 진주 귀고리는 계속 말을 이어 갔다.

"그것뿐인 줄 아세요. 건강에도 아주 끔찍할 정도로 해로운 게 바로 자위예요. 무력감, 우울증, 주의력 감퇴, 신경쇠약, 이런 것들이 다 자위를 해서 생기는 거고, 자위를 하기 때문에 변태들이 생기는 겁니다. 오늘날 우리 사회의 문제 대부분은 자위만 금지해도 전부 사라질 겁니다. 자위 같은 걸 하다 애들이 쾌락에 눈떠서 항문 성교 같은 걸 하는 게이가 되고, 사탄 숭배자가 되고, 적그리스도가 되는 거라고."

진주 귀고리는 의기양양한 표정으로 이렇게 말했다. 이 부장은 그녀의 참신한 주장에 말문이 막혔다. 자위 금지가 저렇게 훌륭한 효능이 있다면 학교에서는 인성 교육을 할 게 아니라 철로 된 정조대를 만들어 줘야 할 판이었다. 이 부장은 어렸을 때 본 영화 「오멘」을 떠올렸다. 데미안이라는 적그리스도 꼬마 아이는 다시 생각해도 소름이 돋을 만큼 무서운 존재였다. 그 그레고리안 성가를 배경으로 노려보기만 해도 불운이 닥쳐 사람이 죽는 무시무시한 꼬마가 자위 때문에 생긴 거라니. 영화 전체가 완전히 새롭게 느껴졌다.

"에이, 무슨 소리 하세요. 제가 경찰이라서 아는데 자위랑 그런 범죄랑 별 상관도 없을뿐더러, 얘들 또래엔 그게 정상이라니까요."

"어허, 그런 안일한 생각을 하니까 범죄가 사회에 만연한 거 아닙니까! 경찰부터 자위하는 사람은 뽑지 말아야 해!"

경찰은 잠시 말을 잇지 못했다. 이 부장은 이해할 수 있었다. 여기서 무슨 말을 하건 경찰은 진주 귀고리에게 자위나 하는 경찰 나부랭이로 찍힐 것이 틀림없었다. 잠시 천장을 올려다보던 경찰은 조심스럽게 입을 열었다.

"과학적으로……."

"말 잘했네. 과학적으로 자위를 하면 무슨 일이 생기는지 알아요? 자위하면 뇌에 무슨 일이 생기는지 다 검증됐습니다. 자위 뇌라고 아세요? 자위를 하면 뇌의 전두엽에 도파민 분비가 많아져서 뇌세포에 도파민 수용체가 망가지게 된다고요. 도파민이 뭔지는 다 아시죠? 어쨌든 그렇게 되면 어떻게 되느냐? 마약중독자랑 똑같은 꼴이 되는 겁니다. 만족을 못 하고 계속 자위를 하는 거지. 그러면 이게 사회성 없고, 폐인 같은 마약중독자가 되는 거라고. 왜 요새 옛날에는 없는 히키

코모리니 그런 이상한 변태 같은 애들이 생기고, 애들끼리 왕따 시키고 그러는 줄 아세요? 다 이 도파민 수용체가 망가져서 그렇게 되는 거라고. 그렇게 게이가 되는 거고. 알았어요? 그러니 법적으로 음란물을 들여오는 놈들은 마약 수입해 오는 놈하고 똑같이 처벌해서 감옥에 처넣어야 하는 거라고."

허탈한 표정으로 진주 귀고리의 말을 듣고 있던 경찰이 간신히 한마디 던졌다.

"과학자세요?"

"교회에서 병원 다니는 분에게 들은 겁니다. 이게 전부 미국에 있는 유명한 대학의, 과학자이자 의사이자 목사님이신 분들이 다 연구하고 논문 발표해서 과학적으로 검증이 된 거라고요. 그렇게 미국 사람들은 다 아는 건데, 우리나라는 모르니까 이 모양이지. 어쨌거나 그러니 자위를 안 한 우리 애는 절대로 사람을 때릴 리 없어요."

"미국 사람은 자위를 안 한다고요?"

"그, 가난하고 못사는 놈들 중에는 하는 놈이 있겠지. 근데, 노벨상 받은 박사님들 중에 자위한 사람은 하나도 없어!"

진주 귀고리는 확신에 차 이렇게 말했다. 한참을 입을 벌린 채 아무 말도 못하던 경찰이 자리에서 일어났다.

"저기, 저 잠시 나가서 담배 한 대만 피우고 올게요. 혹시 너 화장실 가고 싶니?"

"아니요."

"막내야. 여기 어머님하고 얘한테 물 한 잔만 드려. 그리고 나 담배 한 대 피우고 올 테니까 여기 좀 봐 줘."

경찰은 마치 이틀 밤을 꼬박 샌 것 같은 표정으로 도망치듯 가 버렸다. 그사이 진주 귀고리는 여드름에게 속삭였다.

"쯧쯧, 담배를 피우는 걸 보니 저 양반도 자위를 하는 게 틀림없어."

이 부장은 피하고 싶은 내용을 코앞에 두고 운 좋게 화제가 바뀐 것을 기뻐해야 하는지, 아니면 자위가 모든 악의 근원이라고 믿는 사람과 형사소송을 놓고 다퉈야 한다는 것을 슬퍼해야 하는지 잠시 고민했다. 최악의 경우, 합의하지 않고 재판까지 갈 경우 법원에서도 저 말도 안 되는 논리를 들어 줄 리 없었다. 그렇다면 진주 귀고리는 그 또한 판사가 자위를 했기 때문이라 결론을 낼 터였다. 그 일련의 과정을 목격해야 할지도 모른다는 사실에 이 부장은 벌써부터 한없이 피곤했다.

집에 가고 싶었다. 여드름에게 맞은 게 아니라고 진술을 번복하고, 빨리 집에 가 모처럼 아네로스를 사용하고 싶었다. 이 진주 귀고리의 논리에 따르자면 항문으로 자위나 하는 이 부장은 게이로 가는 길목에 있으며, 강력한 적그리스도의 후보가 될 터이지만, 그녀와 같은 곳에 있느니 차라리 지옥에 떨어지는 쪽을 택하고 싶었다.

"엄마, 근데 막 나와. 나도 모르게."

경찰이 자리를 비우자 여드름은 진주 귀고리에게 낮게 속삭였다.

"그게 무슨 소리야."

"팬티에 자꾸 뭐가 오줌처럼 하얗게 묻어."

"그래, 그래서 그랬구나! 사탄이 널 시험하는 거야. 이게 다 독실한 우리 아들 믿음을 시샘하는 사탄의 역사야. 그러니 착하디착한 니가 사람을 때렸지. 그래, 이 시험을 우리가 이겨 내야 해. 자, 우리 시험을 이기기 위해 주님께 기도 드리자."

두 사람은 다시 바닥에 무릎을 꿇었다. 이 부장도 기도하고 싶었다. 제발 이곳에서 나가게 해 주세요. 저들보다 더 간절히 기도할 자신이 있었다. 기도드릴 수 없으므로, 이 부장은 담배를 피우고 있을 경찰을 찾아 자리에서 일어났다. 전립선염을 진단받은 후 담배를 끊었지만 오늘은 꼭 한 대 피워야 할 것만 같았다.

"당신 괜찮지?"

이 부장의 아내에게서 전화가 온 것은 지난 새벽이었다. 왜 자꾸 살뜰하게 안부를 묻는지 알 수 없었지만, 이 부장은 자다 일어나 전화를 받았다. 무슨 꿈을 꾸고 있었는데, 무슨 꿈인지 정확히 기억이 나질 않았다. 온몸에 소름이 돋을 정도로 끔찍하고, 말할 수 없이 수치스러운 감정만이 선명하게 남아 있었다.

"응. 웬일이야. 이 시간에."

"애, 학기도 끝났고 해서 같이 어디 가는데, 출발하기 전에 전화했어."

"그래?"

"응. 시험공부하느라 하도 고생해서 좀 데리고 가서 쉬게 해 주려고."

"그래? 그래. 잘 생각했네."

"당신은?"

"나야…… 늘 같지."

"늘 같다니. 뭐하면서 지내는데?"

"뭐, 회사 가고, 집에 오고, 늘 똑같아."

"출장 같은 건 안 가고?"

"글쎄? 다다음 달에 라스베이거스에서 하는 가전 전시회에 갈 일이 있으려나. 뭐, 이제 어디 자주 나갈 짬은 아니지. 근데 그건 왜?"

"그냥, 집에 잘 있나 궁금해서."

"고맙네. 궁금해해 줘서."

"그래. 자는 거 깨웠지?"

"응."

"미안, 출발 시간 맞춰 전화하느라고. 집 떠나면 통화하기 힘드니까."

"잘했어. 근데 정확히 어디가?"

"어디 가는지 말하면 알고?"

"하긴, 여름 캠프 같은 거면 캐나다 시골일 텐데 내가 알 리 없지. 그래 조심해서 잘 다녀와."

"그래. 마저 자. 끊어."

"응."

수화기에서 뚝 하고 끊어지는 소리가 들렸다. 휴대전화로 시간을 확인했다. 새벽 4시 45분이었다. 캐나다까지의 시차를 생각하고, 지금 캠프로 출발할 만한 시간인지 생각해 보려 했지만 머리가 잘 돌아가지 않았다. 이 부장은 이불을 다시 머리까지 끌어올렸다. 그리고 몸을 비스듬히 누인 채 눈을 감았다. 아직도 얼굴이 화끈거리고 있었다. 그 기억나지 않는 꿈이 무엇인지 전혀 떠올릴 수 없었지만, 몸은 여전히 부끄러워하고 하고 있었다. 희미하게 오피스텔 문 앞에 서서 누군가 자신을 바라보고 있었다는 것만 간신히 떠올릴 수 있었다. 더 집중하면 보다 많은 기억이 날지도 몰랐지만 뒤통수가 베개 아래로 꺼지고 있었다. 다시금 잠 속으로 빠져들며, 이 부장은 생각했다. 이 모든 것이 꿈이었으면 좋겠다고.

　왜, 이 순간 아내와 새벽에 했던 통화가 떠올랐을까? 이제 합의서에 인주를 묻힌 도장만 찍으면 이 지긋지긋한 모자를 보지 않아도 됐다. 어쩌면 이 이상한 모자의 모습에서 캐나다에 있을 아내와 아이의 모습이 떠올랐기 때문인지도 몰랐다. 물론 저 이상한 진주 귀고리와 아내를 비교할 수 있다고 생각하진 않았다. 형태나 방법은 달랐지만 둘 다 모정 때문이었다. 위대한 모성애라고 사람들이 칭송하는 바로 그것 말이다. 자식의 더 나은 미래를 위해서라는 이유는 같았다. 하나는 자위에 반대하는 길을, 하나는 캐나다를 택했을 뿐이었다. 어쩌면 기러기로 살아가는 자신들의 모습 역시 타인 눈에는 저 진주 귀고리처럼 기괴해 보일지도 몰랐다. 그런 생각을 떠올리자 아이를 캐나다에 보낸 것이 정말 잘한 일인지 자신이 없어졌다. 아니, 결혼 직후 아내가 주장했던 것처럼 아이 없이 지내지 않은 것이 어쩌면 크나큰 실수였는지도 몰랐다. 실제로 박 대리는 결혼을 했지만, 아이를 낳지 않을 생각이라고 했다. 회식이 끝나고 돌아오는 길, 이유를 묻는 이 부장에게 돌아온 박 대리의 답은 뜻밖이었다.

　"무서워서요."

　"뭐가?"

"아이를 낳고 키우는 게."

"에이, 애는 낳아 놓으면 알아서……."

"알아서 크겠죠. 그게 무서운 거예요. 그게 너무 무섭다고
요."

이 부장은 눈앞에 앉아 있는 이 모자를 보며 이제야 그 말
이 무슨 뜻인지 알 것 같았다.

이 부장은 도장을 찍었다. 합의서의 자신의 이름이 있는
곳에 붉은 인주가 남았다. 여드름의 진술서에는 이 부장이 자
신을 보는 눈빛이 마음에 들지 않아 때렸다고 적혀 있었다.
이 정도라면 서류상으로 아무런 흔적도 남지 않을 터였다.
어차피 치료비와 경비 문제는 보험에서 알아서 할 문제였기
에 모든 것들을 보험사에 떠넘겼다. 여드름이 어째서 친구를
때렸는지 알게 된 것은 경찰에게 담배를 빌렸을 때였다.

"합의하실 겁니까?"

"네? 하라면서요. 아직 미성년자니까."

"그렇긴 한데 정 싫으시면 제가 하는 데까지 해 볼 수도
있습니다."

"증거 찾으러 다니시려면 힘든 거 아닌가요?"

"힘들어도 해야 할 일은 해야 하지 않나 싶어서요."

무슨 뜻인지 알 것 같았다. 어쩌면 소년원 같은 곳에서 저 엄마와 격리되는 편이 아이를 위해서 좋을지도 몰랐다. 그렇게 옳은 일을 위해 형사소송에 갈 수도 있었다. 그렇게 된다면 무슨 일이 일어날까? 이 부장은 잠시 상상해 보았다. 재판정에서 검사와 폭행의 동기를 놓고 다투다 여드름이 진술을 번복하며 아네크라 이야기를 꺼낼 것이 틀림없었다. 그렇게 되면, 수염이 증인으로 소환되고 수염과 진주 귀고리가 법정에서 만나 폭풍 같은 설전을 펼치는 그런 소설 같은 이야기가 펼쳐질 수도 있었다. 흥미진진했지만 이 경우 이 부장의 이사 진급은 백 퍼센트 좌절될 터였다. 그렇게 되면 쉰이 되기도 전에 권고사직을 당할 것이 분명했고, 아이는 캐나다에서 돌아와야 할 터였다. 그렇게 멍청한 짓은 하고 싶지 않았다. 재미있는 소설의 주인공이 되기보다는 임원이 되고 싶었으니까.

"전 그냥 웬만하면 합의하려고요. 엄마가 문제지 애 잘못은 아니잖아요. 물론 애도 정상은 아니지만. 뭐, 제가 굳이 안 싸워도 입원한 친구가 알아서 하겠죠."

"그건 또 그렇긴 한데…… 그냥, 전부 다 말해 버릴까요?"

"네? 뭘요?"

"그 새끼가 왜 친구를 때렸는지요."

"알고 계셨던 거예요?"

"네. 친구들 진술을 받았으니까요."

"근데 왜 모른 척하셨어요?"

"차마 엄마에게 말해 줄 수 없더라고요."

"뭘 하고 있었던 거예요?"

"중국산 성인용품 같은 걸 엉덩이에 꽂고 있었던 모양이에요. 학교 화장실 좌변기에 앉아서."

이 부장은 그 성인용품의 이름을 알 것 같았다. 그리고 궁금했다. 그것을 어디에서 얻었는지 여드름은 진술했을까?

"엄마가 들으면……."

"악마 타령 하며 길길이 뛰겠죠."

"그런데도 모른 척하신 거군요."

"불쌍하니까."

이 사내가 무엇을 얼마까지 아는 것일까? 자신의 비밀 역시 인지하고 있는 건 아닐까? 그리하여 어떤 동정심으로 자신의 비밀 역시 감춰 주고 있는 것은 아닐까? 이 부장은 경찰의 눈을 들여다보았다. 하지만 경찰의 눈에서는 그저 검은 동공과 적갈색의 홍채가 보일 뿐이었다. 그 위로 뿌옇게 담배 연기가 흩어졌다.

끊임없이 쇄신하라

집에 돌아왔을 때, 이 부장은 홀가분한 마음이었다. 어떤 식으로든 이상한 사건들은 끝났고, 일상은 일상으로 돌아갔다. 아네로스가 생기고 더 행복해진 것일까? 이 부장은 셈을 해 보았다. 행복에 10을 주고 불행에 1을 주자면, 3.78 정도는 되는 것 같았다. 나름 의미 있는 상승이었다. 전립선염을 진단해 주었던 의사는 그것이 스타브론정 때문이라고 답하리라. 그렇다면 행복은 일상에 있는 것도, 사랑하는 가족들에게 있는 것도, 아네로스가 주는 오르가슴에 있는 것도 아닌, 삼환계 항우울제에 달려 있는 셈이었다. 그러나 수염은 이렇게 말하리라. 사람의 행복은 작은 알약에 담겨 있는 화학물질 이상이라고. 세상이, 사회가, 제도가 어떤 식으로 사람을 억압하든, 타인과의 관계가 얼마나 복잡하든, 그 내면에 본질적으로 도달할 수 있는 순수한 행복이 있고, 그것은 누구도 침해할 수 없는 것이라고 이야기할 것이다. 아네크라의 24개월 할부를 내는 동안은.

이 부장은 아무래도 상관없었다. 그 모든 일을 겪고 나서야 깨닫게 된 것이다. 정석과 같이 외워야 할 정답이 있고, 그가 젊은 시절 바이블로 삼았던 처세서처럼 일곱 가지 황금률

이 있는 것도 아니었다. 그저 전립선 마사지로 시작해, 우연히 도착한 드라이 오르가슴이었고, 그것을 최대한 즐기면 그만이었다. 어차피 어떤 것이든 결국 지나가 버릴 것이며 무엇을 결정하든 계속될 수는 없을 테니까. 그게 정답을 좋아하는 이 부장이 정답 없는 방황 속에서 찾은 정답이었다.

그래서 기꺼이, 즐거운 마음으로 아네로스에 콘돔을 씌웠다.

준비를 끝마쳤다. 오랜만에 하는 탓인지 가슴이 두근거렸다. 알몸으로 좌욕을 마치고 나와 침대 위에 누웠다. 협탁에서는 콘돔을 쓴 아네로스가 그를 기다리고 있었다. 이 부장은 혹시나 자신이 지를 비명에 대비해 티브이 볼륨을 크게 켜 놓았다. 소리가 시끄러웠지만, 상관없었다. 통증과 달리 집중하면 소리는 들리지 않을 테니까. 이 부장은 문득 다른 감각과 통증이 무엇이 다른 것인지 궁금했다. 소리든, 빛이든, 냄새든, 촉감이든, 오르가슴을 막을 수는 없었다. 그런데 어째서 통증만은 방해가 됐던 것일까? 이 부장은 한손에 아네로스를 낀 채 잠시 자신이 겪은 고통과 쾌락에 대해 돌이켜 보았다. 그리고 뜻밖에 그 두 감각이 유사하다는 걸 깨달았다. 외부 자극에 대한 강도를 느끼는 오감과는 달리, 두 감각은 육체가 존재하고 있다는 것을 실감하게 하는 감각이었다.

오직 고통이 주는 아픔과 쾌락의 전율만이 그곳에 몸이 있다는 것을 인지할 수 있게 했다. 이 부장은 비로소 자신을 지배하던 허기와 상실감의 정체를 깨달았다. 그동안 열심히 살아가고 있었지만 정작 그 안에서는 자신이 부재했다. 오르가슴이, 전립선의 통증이, 자신이 살아 있다는 것을 비로소 절감하게 해 주었던 것이다. 이 부장은 무엇이 자신을 고양시켜 주었고, 자신이 하는 이 행위에 어떤 의미가 있는지 비로소 이해했다. 혹은, 적어도 그렇게 믿었다.

이 부장은 눈을 감은 채 깨달음이 주는 고양감을 천천히 음미했다. 빠르게 뛰던 심장은 서서히 느려졌다. 이윽고 마음이 무념의 상태에 접어들자 감정은 고요한 수면처럼 잠잠해졌다. 말할 수 없이 매끄러운 마음으로 이 부장은 윤활액을 바르기 시작했다. 티브이는 명멸하며 시끄러운 소리를 떠들어대고 있었고, 어디에선가 오피스텔의 벽을 타고 다양한 소음이 들려왔다. 열어 놓은 덧창으로는 아스팔트 위를 달리는 자동차 바퀴 소리가 들렸다. 공간이, 세계가 그에게 소리로 현현하고 있음을 알리고 있었다. 그러나 이 부장은 이미 듣지 않고 있었다. 청각과 시각, 후각과 미각의 문을 닫은 그에게 남아 있는 감각은 오직 촉각뿐이었다. 윤활액이 든 병을 겨드랑이에 끼워 뒀던 탓에 엉덩이를 따라 흐르는 액체는 차갑지 않았다. 체온과 같은 젤은 사람의 몸에서 나온 체액인 양 자연스럽게 엉덩이 골을 따라 흘러내렸다.

이 부장은 손에 든 아네로스를 항문으로 가져갔다. 그리고 장난스럽게 아네로스의 머리로 엉덩이를 희롱했다. 젤에 젖은 아네로스가 엉덩이 사이를 미끄러질 때마다 팔을 따라 소름이 돋았다. 이 부장은 깊은 숨을 들이마셨다. 괄약근이 수축했다. 그 어느 때보다 아네로스를 받아들이기에 완벽한 순간이었다. 이 부장은 날숨과 함께 아네로스를 삽입했다. 항문에 머리를 밀어 넣자 긴장한 괄약근에 손잡이가 파르르 떨렸다. 이 부장은 다시 숨을 들이켰다. 폐를 가득 채운 공기가 가슴 속에서 순환하는 동안 항문을 따라 짜릿한 감각이 몸 구석구석까지 전해졌다. 신경 하나하나, 세포 하나하나가 깨어나고 있었다. 발끝이 몸 안쪽으로 말려 들어가며 허벅지 근육이 경련했다. 이 부장은 입을 벌려 다시 숨을 내쉬었다. 몸 안의 근육들이 일제히 수축하며 그의 내부로 들어온 아네로스의 존재가 선명하게 느껴졌다. 동시에 항문을 중심으로 피부를 따라 몸 전체에 쾌락이 번져 갔다. 모공 하나하나까지 전율이 닿아 요동쳤고, 기쁨에 전율하는 몸을 선명하게 느낄 수 있었다. 이 부장은 손가락 끝을 움직이기 시작했다. 천천히 리듬에 맞춰 춤을 추는 것처럼, 아네로스의 끝을 떨리게 했다. 그렇게 하나의 파장처럼 쾌감이 만들어졌다. 그것은 이 부장의 안에서 종소리 같은 울림을 만들었다. 몸뚱이가 작은 아네로스에 공진하고 있었다. 떨림은 하나의 공명음을 만들어 이 부장의 입에서 마치 탄식과도 같은 신음으로 화했다. 몸은 이미 쾌락을 연주하는 악기였다. 이 부장은 수염이 말했던 몸이 열린다는 느낌을 이해할 수 있었다. 단전에서 성기, 척추, 심장을 따라 마치 불이 켜지듯 분명한 쾌락이 소용돌이 같은 흐름을 만들고, 혈관을 따라 방전하고 있었다. 동시에 온몸의 말단이 조응하며 떨렸다. 몸의 중심과 윤곽선을 따라 미열 같은 쾌락이 작열하고 있었다. 달뜬 이 부장은 떨림에 맞춰 좀 더 격정적으로 아네로스를 움직였다. 몸의 중심을 무언가 꿰뚫는 느낌에 이 부장은 반사적으로 눈을 떴다. 동시에 이 부장 몸의 모든 구멍들이 열리고 있었다. 쾌락으로 그 어느 때보다 선명해진 그의 육체는 몸속에 잠들어 있던 모든 자물쇠들을 일제히 개방했다. 벌려진 입으로, 눈으로, 코로, 성기로, 항문으로, 심지어 수많은 모공들 속으로 바깥 세계가 넘치듯 흘러 들어왔다. 이 부장의 존재는 세계라는 이름의 흐름 속에 녹아 들어갔고, 그가 이해할 수 없었던 모든 것들이 그 어느 때보다 선명하게 총체적인 것으로 인식되었다. 그것은 자아의 확장이었다. 머릿속에 하얀 빛이 빛나는 순간 오감으로 보이던 불 꺼진 오피스텔이 하나의 점으로 축소하고, 우주 전체가 그의 인식 안으로 끌려 들어오기 시작한 것이다. 그것은 단순히 세계와의 합일이 아니었다. 오히려 세계가 그의 일부로 축소되어 들어와 머릿속에 하나의 작은 우주를 이룬 것만 같았다. 시간과 공간은 이미 그의 머릿속의 하나의 점이 되었다. 아네로스는 이미 독립된 의지를 가진 하나의 또 다른 존재였다. 마치 풍향계처럼 불어오는 쾌락의 흐름에 맞춰 항문 속에서 열정적으로 춤을 추고 있었다. 그리고 그 리듬에 맞춰 그의 몸뿐 아니라 전 우주가 춤을 추고 있었다.

이 부장의 척추는 활처럼 휘었고, 성대는 빨아들인 공기를 있는 힘껏 진동시켰다. 하지만 이런 몸과 달리 이 부장의 의식은 오히려 평온하기까지 했다. 그 어느 때보다 분명한 의식은 너무나 확장된 나머지 전율하는 육체의 떨림조차 아무런 영향을 미치지 못했다. 그랬다. 이제껏 경험하지 못했던 쾌락이 해일처럼 그의 내부를 완전히 휩쓸었음에도 의식은 그 어느 때보다 또렷했다. 너무나 분명해서 마치 이 부장은 그동안 살아왔던 삶 전체가 흐릿한 안개 속에 있었던 것만 같았다. 이 순간 이외의 모든 삶은 한 편의 꿈이었다. 오감은 떨림에 사로잡혀 마비되었지만, 인식이 그 어느 때보다 예리해진 탓에 그동안 놓쳐 버린, 이해하지 못했던 순간들 역시 모두 분명해졌다. 불가에서 말하는 돈오라는 것이 어쩌면 이 순간인지도 몰랐다. 이 부장은 상상할 수 없을 만큼 거대하고 분명한 무언가를 보았고, 느꼈고, 그것의 일부가 되었다. 그것은 인간의 말로 형상화될 수 없는 종류의 것이었고 인간의 머리로 이해될 수 없는 무언가였으며 영원과도 같은 찰나였다. 이 부장은 그동안 놓쳐 버렸던 수많은 징후들을 제대로 조감할 수 있었다. 그리하여 그가 느꼈으나 스쳐 지나간, 들었으나 망각해 버린, 이해할 수 없던 순간들을 완벽하게 인지했다. 지구 반대편에 있는 이의 정수리 모양부터 그가 사랑했던 가족들의 모습까지 동시에 완벽하게 느낄 수 있었다. 모든 것이 선명했다.

다리 사이로 자신을 바라보고 있는 네 개의 눈동자를 또렷하게 볼 수 있을 정도로.

*

그녀가 아이를 데리고, 택시를 탄 것은 이 부장과 통화가 끝난 직후였다. 거의 1년 내내 부족한 생활비를 쪼갠 돈을 모았었다. 그렇게 노력했는데도 목표했던 금액은 늘 채우지 못했다. 그녀가 이런 결심을 하게 된 것은 작년에 일어난 윗집 남편의 죽음 때문이었다.

작년 여름, 방학을 맞이해 한국에 다니러 갔던 영수네는 결국 캐나다로 돌아오지 못했다. 남편이 위암 말기였던 것이다. 가족들이 돌아갔을 때는 이미 수술도, 항암 치료도 실패

한 상황이었고, 영수 아빠는 온몸으로 암이 전이된 채 죽을 날만 기다리고 있었다. 그녀는 그 이야기를 전해 듣고 자기 일처럼 울음을 터뜨렸다.

엄밀히 말해 남편을 사랑하는지는 그녀도 자신할 수 없었다. 사랑했던 때가 있었고, 애틋하던 시절도 있었다. 그러나 그것은 모두 과거의 일이었다. 까놓고 말해 얼굴을 마주하고 있을 때보다, 캐나다에 떨어져 있는 편이 더 편했고 애잔했다. 심지어 가끔은 그립기까지 했다.

멀리 있어 더 좋은 사람.

아주 가끔 귀국하면 남편이 한없이 안쓰러웠다. 굳이 감정을 표현하자면 홀로 고생하는 남동생을 보고 있는 기분이었다. 비록 그 감정도 함께 지내면 채 이틀이 지나기 전에 사라졌지만.

남편이 재밌거나 매력적인 사람이 아니라는 건 연애 전부터 알고 있었다. 그럼에도 성실한 사람이었고, 안정적인 사람이었다. 그녀가 결혼 전 했던 기대의 7할은 만족시켜 준, 한마디로 좋은 사람이었다.

그녀에게도 열렬히 사랑했던 순간이 있었다. 그녀가 사랑했던 남자는 전대협에서 지금은 이름도 기억나지 않는 어떤 감투를 쓰고 있었다. 열정적이고 매력적인 사람이었고, 달변

가였으며, 높은 이상을 가지고 있었다. 언제나 정의에 목말랐고, 늘 옳은 말만 했으며, 늘 세상에 헌신적이었고, 늘 수배 중이었다. 짧은 투쟁 중 데이트를 제외하곤, 항상 여인숙에서 만났고, 만나면 매번 섹스만 했다. 남자는 채 돌아눕기도 전에 자신을 미행할지 모를 형사를 피해 늘 어디론가 사라졌다. 홀로 세 번이나 산부인과에 가야 했고, 병원에서 나오던 어느 날 더는 위대한 이상을 위해 살아갈 수 없음을 깨달았다.

학과 선배였던 남편은 정반대의 사람이었다. 다른 선배들이 가두시위에 나설 때 밴드를 했고, 군대 다녀오고 복학하고 나서도 착실하게 취업 준비를 했다. 그런 모습에서 그녀가 찾던 안정감을 보았다. 약속한 여인숙 앞에서 골목길의 어둠을 노려보며 그 안에서 나오는 사람의 형상이 형사인지 남자인지 불안에 떠는 일을 더는 하지 않아도 된다는 것만으로 그녀는 행복했다.

그러나 결혼하고 나서야 깨달았다. 그 안정감이라는 것이 얼마나 위태한 노력 위에 서 있는지를. 그리고 남편이 얼마나 주눅 든 채로 살아가고 있는지를. 살아갈수록 실망스러운 일들의 연속이었지만 남편을 미워할 수 없었다. 겉보기엔 멀쩡한 안정을 위해 남편이 얼마나 헌신하고 있는지 알고 있었으니까. 다만 계속 그렇게 지낼 수는 없었다. 그래서 아이에게 온 정성을 다했던 것이다. 아이에 대한 사랑만이 이 가족을 묶어 주는 전부였으니까.

　하지만 영수네 집의 사정을 들었을 때, 그 멀수록 좋은 남
편이 그녀의 삶을 지탱하고 있음을 깨달았다. 그래서 건강보
험관리공단 홈페이지에 가서 건강 정보 조회 가족 등록을 해
놓았다. 남편이 받는 투약이나 건강 정보를 이곳 캐나다에서
도 확인할 수 있게 미리 준비해 뒀다. 그리고 생각했다. 최악
의 경우 남편 건강에 문제가 생기면 돌아갈 돈을 미리 모아
두자고.

　그런데 그 최악이 예상보다 일찍 찾아왔다. 갑자기 남편의
건강보험관리공단 홈페이지에 정체를 알 수 없는 약들의 투
약 정보가 올라오기 시작했다. 일일이 인터넷을 검색하며 약
의 정체를 알아내기 위해 노력했지만, 의사가 아닌 그녀가 알
수 있는 정보는 많지 않았다. 항콜린제가 왜 필요한지 항생제
의 정체는 무엇인지, 막연한 추측만을 할 수 있을 뿐이었다.
한 가지 정체가 명확한 약이 있었다. 그것은 바로 항우울제
였다. 의사가 아닌 그녀도 그 약이 무엇에 쓰이는지 알고 있
었다. 심장이 내려앉았다. 얼마 전 아이의 친구가 우울증으로
자살한 아버지의 장례를 치르러 서울로 떠났으니까.

　그녀는 다급히 서울로 돌아가는 항공편 값을 알아보았다.
모아 놓은 돈으로는 턱없이 부족했다. 그래서 남편에게 전화

했다. 남편의 상태를 살피고 부족한 항공권값을 보내 달라고 할 요량이었다. 하지만 막상 남편이 보낸 돈으로 표를 살 수 있게 되자 아이가 걱정이었다. 한창 공부 중인 아이를 두고 혼자 남편에게 다녀올 수 없었다. 그래서 생각했다. 아이와 함께 돌아갈 수 있게 학기가 끝날 때까지 기다리자. 그때까지 돈을 아끼고, 남편에게 돈을 더 받은 후, 경유기로 미리 표를 싸게 끊으면 아이와 함께 한국으로 갈 수 있을 것 같았다. 그렇게 전화를 걸어 부족한 잔액을 받았고, 아이의 것까지 항공권을 끊었다. 그때, 남편의 투약 정보가 마치 마트 영수증처럼 순식간에 늘어나기 시작했다. 진통제와 항생제, 수액, 시티를 찍기 위한 조영제까지, 누가 봐도 남편에게 무슨 일인가 일어났음을 알 수 있었다. 투신을 하다 미수로 그친 걸까? 교통사고를 낸 것일까? 아니면 자해를 한 것일까? 온갖 불길한 상상이 머릿속을 떠나지 않았다. 하지만 전화를 받은 남편은 괜찮다는 말만 반복했다. 그녀는 남편의 목소리와 목소리 사이의 공백에 귀를 기울였다. 남편의 목소리 너머로 들리는 여자들의 구슬픈 울음소리는 그녀의 불길한 상상을 더욱 부풀렸다. 당장 가 보고 싶은 마음이 굴뚝같았지만 항공권 날짜는 지정되어 있었고, 아이는 기말시험을 코앞에 두고 있었다. 그녀는 피 말리는 심정으로 귀국 날짜만을 손꼽았다.

그리하여 택시를 타기 직전, 남편과 통화했을 때 잠시 고민했다. 자신의 불시 귀국을 알릴 것인가? 아니면 그냥 돌아갈 것인가? 공항에서 집까지 가는 교통편이 불편했지만 남편을 놀라게 해 주고 싶었다. 그리고 궁금했다. 그가 자신에게 감추는 것이 무엇일까? 수화기 너머로 들리던 희미한 울음소리는 다 무엇이었을까? 혹시 남편이 다른 살림을 차린 것은 아닌 걸까? 그 우울증 약은 다 무엇이었을까? 그래서 그녀는 내색하지 않고 전화를 끊었다.

무언가 잘못되었다는 것을 깨달은 것은 현관문을 연 직후였다. 커다란 티브이 소리가 쩌렁쩌렁 집 안을 울리고 있었다. 불은 꺼져 있었고, 번쩍이는 티브이 불빛이 벽에 비치고 있었다. 소음을 싫어하는 남편은 절대 티브이를 크게 켜 놓는 사람이 아니었다. 불길한 시나리오들이 머릿속에 그려지기 시작했다. 하지만 어느 것 하나 이 낯선 상황과 들어맞는 건 없었다. 현관등이 켜졌다.

집 안에 강도가 든 건 아닐까? 그러면 아이부터 챙겨야 해.

하지만 아이는 어느새 현관에 캐리어를 세워 둔 채 신발을 벗고 쪼르르 오피스텔 안으로 달려 들어갔다. 그리고 멈춰 섰다. 뒤이어 어깨가 움찔하더니 그대로 굳어 버렸다. 마치 호러 영화의 한 장면에서처럼 소스라치게 놀란 아이의 뒷모습을 보며 그녀 역시 겁을 먹었다. 저 안에 무엇이 기다리고 있는 것일까? 무서웠지만 아이를 지켜야 한다는 마음으로 신발을 벗었다. 남편의 비명 소리가 들렸다. 그것은 이전엔 들어 본 적이 없는 기이한 소리였다. 비명이라 하기엔 무언가 유혹적이 었고, 함성이라 하기엔 관능적이었다. 그녀는 남아 있는 용기를 쥐어짜 내 득달같이 안으로 들어섰다. 오피스텔로 들어가는 화장실 옆 짧은 통로를 가로질러 아이 뒤에 섰을 때 그녀는 남편을 보았다.

양다리를 벌린 채, 성기를 덜렁거리며, 항문에 무언가를 꽂은 채 몸을 떨고 있는 남편을.

*

이 부장의 '인생 최대의 위기' 목록에서 '비뇨기과의 트인 바지'가 2위로 내려왔다.

오늘의
젊은 작가
10

자기 개발의 정석

임성순 장편소설

1판 1쇄 찍음 2016년 4월 15일
1판 7쇄 펴냄 2023년 5월 22일

지은이   임성순
발행인   박근섭·박상준
펴낸곳   (주)민음사

출판등록   1966. 5. 19. 제16-490호
주소   서울시 강남구 도산대로1길 62(신사동)
           강남출판문화센터 5층(06027)
대표전화   02-515-2000 | 팩시밀리 02-515-2007
홈페이지   www.minumsa.com

ⓒ 임성순, 2016. Printed in Seoul, Korea

ISBN 978-89-374-7310-4 (04810)
ISBN 978-89-374-7300-5 (세트)